Jean-Marie Hämmerle in:

TÖDLICHES TESTAMENT

Sternwald Verlag

Die Deutsche Bibliothek - CIP-Einheitsaufnahme

FREIBURG-Krimi: Tödliches Testament

Freiburg: Sternwald Verlag, 2004

ISBN 3-9808633-6-0

NE: Heyberger, Renate; Marquardt, Udo

Hans-Albert Stechl

Sternwaldstraße 26

79102 Freiburg

Tel. (07 61) 31 4 14

Fax (07 61) 2 43 02

Internet: www.sternwaldverlag.de

Titelgestaltung: Boris Pfetzing, KonText

Freiburg-Krimi-Logo: Andreas Verstappen

Satz: Boris Pfetzing

Druck: freiburger graphische betriebe

Inhalt

Prolog im Hexental

Über dem Hexental lag der Morgennebel. Noch hielt sich die Sonne hinter dem dunstigen Schleier verborgen, aber an manchen Stellen brachen bereits einzelne Strahlen durch und setzten leuchtende Punkte in die Landschaft. Auf der Straße zwischen Freiburg und Bad Krozingen war an diesem frühen Sonntagmorgen im Mai des Jahres 1966 kaum ein Auto unterwegs. Überall blühte es, und die ersten zartgelben Löwenzahnköpfchen mischten sich unter das helle Grün der Wiesen am Schönberg. Ein milder Wind wiegte die Zweige der Obstbäume, in denen dicke Hummeln summten.

„Natura in minimis maxima[1]“, murmelte Prof. Dr. Dr. h.c. August Kaiser und sog die frische Frühlingsluft ein, die durch das geöffnete Fahrerfenster seines goldmetallic lackierten Porsche 911 ins Wageninnere wirbelte. Kaiser genoss den Frühling. Ein Mann von 61 Jahren wusste, was zählte, auch wenn er selbst sein Alter beharrlich ignorierte.

In der Ferne tauchte der Staufener Schlossberg auf. Kaiser atmete tief durch und trommelte mit den Fingern Wagners Walkürenritt auf das Lenkrad. Auf diesen Tag hatte er lange gewartet. Einundzwanzig Jahre lang, um genau zu sein. Doch nun war seine Zeit gekommen und endlich konnte er ernten, was vor so langer Zeit gesät worden war.

Der Junge würde ihm bei seinen Grabungen helfen. Als er an ihn dachte, spürte er ein angenehmes Kribbeln in der Magengegend. Ein schöner Kerl. Ein Körper wie von Arno

---

[1] Im Kleinsten zeigt sich die Natur am größten.

Breker geschaffen. Aber trotz aller Leidenschaft war er nicht so dumm gewesen, ihm völlig zu vertrauen und schon jetzt die genaue Lage des Römergrabes zu verraten. Er hatte bisher nur das Nötigste erzählt. Und seine Aufzeichnungen waren gut versteckt.

Kurz hinter Bollschweil gab er Vollgas. Mit quietschenden Reifen legte sich der 911 in die lang gezogene Kurve. Kaiser lachte auf. Die alten Römer hatten schon Recht. Sepulcra legens memoriam perdam[2].

Als er den Traktor sah, war es bereits zu spät. Mit voller Kraft trat Kaiser auf die Bremse. Der Wagen kam ins Schleudern. „Scheiße“, dachte Kaiser noch. Dann schoss der Porsche über die Böschung und krachte gegen ein steinernes Wegkreuz. Augenblicklich ging die Luxuskarosse in Flammen auf und der renommierte Altertumsforscher und Spezialist für Römische Provinzialarchitektur nahm sein Geheimnis mit ins Grab.

---

[2] Wer zu viele Grabinschriften liest, verliert das Gedächtnis.

1. Kaisers Karte

Der Himmel über dem Münster war rabenschwarz. Grell orangefarbene Blitze zuckten durch die Nacht, in der sich die Breisgau-Metropole unter dem heftigen Sommergewitter regelrecht zu ducken schien. Auf dem Münsterplatz, dem beliebtesten Touristenwinkel der Stadt, hatte man eilends die karierten Decken von den Kneipentischen genommen und die braunen Kunststoff-Stühle aufeinander gestapelt, mit denen auch die Gastronomen von Freiburgs „guter Stube" zunehmend ihre Freiflächen plastinierten. Eine Böe packte einen der Stapel und ließ die Ultraleichtgewichte durch die Gegend wirbeln. Das hatte man nun davon, wenn man am falschen Ende sparte. Die Gäste, die von dem Unwetter überrascht worden waren, drängten ins Trockene. Manch einer nutzte die Gunst der Stunde und machte sich aus dem Staub, ohne die Zeche zu zahlen.

Auch auf Freiburgs Villenhügel, dem Lorettoberg im Osten der Stadt, hatte der Wind leichtes Spiel. Er peitschte die Kronen der alten Bäume hin und her und ließ die Straßenlaternen hektisch flackern. Der Asphalt auf den menschenleeren Straßen glänzte vor Nässe.

In der Badenia, einer schlagenden Studentenverbindung oben am Berg, schien man sich aus dem schlechten Wetter nichts zu machen. Selbst durch die geschlossenen Fenster der Jugendstilvilla war der Lärm einer jener feucht-fröhlichen Veranstaltungen zu hören, die hier an der Tagesordnung waren. Und heute ging es besonders hoch her.

„Silentium!“ Moritz von Scheven, Senior des aktiven Teils der Badenia, erhob sich und klopfte mit seinem Siegelring auf die Tischplatte. Sofort wurde es still im Großen Saal. Von Scheven sah in die Runde.

„Wir haben heute Abend die Ehre und das besondere Vergnügen, unseren verdienten und lieben Alten Herren, Professor Dr. Hagen Müller, auf unserer Kneipe begrüßen zu dürfen. Ihr alle kennt ihn und wisst, was er auf dem Gebiet der Archäologie geleistet hat und als Emeritus immer noch leistet. Zudem stand er unserem lieben Bundesbruder August Kaiser auch persönlich nahe, an den wir in diesen Tagen so viel denken. Wir heißen ihn herzlich willkommen und danken ihm für sein Erscheinen und für das Interesse, das er unserem lieben Corps immer wieder beweist. Wir hoffen, dass er einige vergnügte und gedeihliche Stunden mit uns erleben möge. Und ich freue mich, dass wir unseren Hagen für ein Referat über das nun anstehende große Thema hier im Haus gewinnen konnten. Er wird zu uns sprechen über ‚August Kaiser und die Römische Provinzialarchitektur im Breisgau‘. Halten wir es also heute Abend mit Cato, meine Herren: Ne discere cessa[3]!“

Von Scheven bedeutete dem Corps, sich zu erheben. Die Bundesbrüder schnellten hoch. Zufrieden sah sich der Senior um. Wenigstens heute Abend spurten die Jungs.

„In diesem Sinne, liebe Brüder“, schnarrte er weiter, „reiben wir einen donnernden Schoppensalamander! Ad exercitium Salamandri ...!“

---

[3] Höre nicht auf zu lernen.

Das Reiben des Salamanders war noch oben auf dem Dachboden zu hören, wo zwei junge Männer im schwachen Licht einer nackten Glühbirne zwischen Aktenordnern und geöffneten Kartons über ein vergilbtes Stück Papier gebeugt saßen.

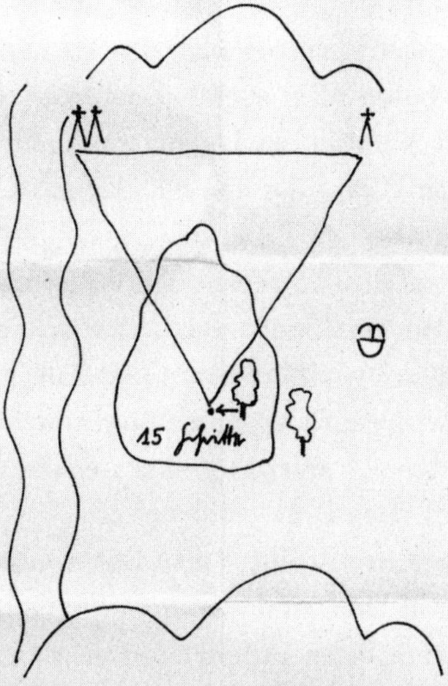


```
KOTLKRJNKXXROKMZHKOSJK0ZY
INKTXNKOTMURJMKYINSIQZOYZ
YKOTMKHKOTSKOTLKRJNKXXGIN
J0NKXUYSKOTRGYYSOINJKOTRK
Z5ZKX5K0MKYKOT1UTMXUYYKXV
XGINZ0TJNKXXROINQKOZ2GXJK
OTKKJRKXSKX5KOZUNMXUYYKXS
GTTJKOTQNRKYMXGHOINKTJROI
NT0TMKL0TJKTNGHJ0ROKMYZHK
OSJK0ZYINKTX0NKQOYYKTSGTS
0YYT0X0SJKTYINRYYKR2OYYKT
52KOYINKTQKRRG0LKTG0LJOIN
502UYYVOZ52OXJNGYZJ0JKOTK
X0N0TJLOTJOINKOTYZKOTYINT
KRRKYKTJOYZJOKYSKOTRKZ5ZK
YZKYZGSKTZ
```

„Wenn ich nur wüsste, was das bedeuten soll", murmelte der Corpsstudent Boris Hartmann und tippte mit dem Zeigefinger auf den Zettel. Er sah zu Arthur „Atze" Hämmerle hinüber. „Professor Kaiser hat das Papier bestimmt nicht einfach so zum Spaß im Buchdeckel versteckt." Er wippte mit seinem Stuhl und ließ den Blick über den Dachboden kreisen, als stünde die Lösung dort irgendwo zwischen den alten Regalen, die den Nachlass des berühmten Altertumsforschers und „Badenianers" Prof. Dr. Dr. h.c. August Kaiser bargen. Dann schob er Atze den Zettel zu.

Das Gekrakel auf dem ausgebleichten Papier war offensichtlich ein Lageplan. Unter der verblassten Zeichnung stand eine ellenlange Folge von Buchstaben und Zahlen.

„Glaubst du wirklich, dass dieser Blödsinn was bedeuten soll?" fragte Atze. „Vielleicht wollte der alte Kaiser auch nur –"

„Professor Dr. Kaiser wolltest du wohl sagen", unterbrach Hartmann schroff. „Immerhin war unser Bundesbruder Kaiser einer der bedeutendsten Experten auf dem Gebiet der Römischen Provinzialarchitektur. Da hat er wohl ein bisschen Respekt verdient." Hartmann schüttelte den Kopf. Dieser Hämmerle war ein hoffnungsloser Fall. Wenn jemand schon „Atze" hieß und aus Bochum kam! Aber inzwischen waren die Burschenschaften ja froh um jeden, der sich keilen ließ. Und daran war die Presse schuld, mit ihren ständigen Attacken gegen die Studentenverbindungen und ihre jahrhundertealten Traditionen.

In der Tat war Atze Hämmerle eher zufällig in der Badenia gelandet. Er war einfach zu faul gewesen, sich an seinem neuen Studienort eine Bude zu suchen. Sein Onkel, Jean-

Marie Hämmerle, der seit Urzeiten in einer winzigen Zwei-Zimmer-Wohnung in der Zasiusstraße im Freiburger Stadtteil Wiehre lebte, hatte entsetzt abgewehrt, als ihn sein Neffe um Unterschlupf gebeten hatte. Da war Atze die Anzeige der Badenia gerade recht gekommen. Schließlich studierte er Archäologie, das passte irgendwie in eine Burschenschaft, die für ihre vielen Historiker bekannt war. Und es war nicht gerade das schlechteste, in einer Villa auf Freiburgs Nobelhügel zu wohnen und das Zimmer geputzt zu bekommen, vom Freibier ganz zu schweigen.
„Konstatiere", fuhr Hartmann zackig fort und sah auf seine Omega Seemaster, „wir kommen momentan nicht weiter." Er haute Atze auf die Schulter. „Du machst jetzt für jeden von uns eine Kopie von dem Blatt. Dann gehe ich mit dem Original 'runter und zeige es Professor Müller. Vielleicht kann der uns ja helfen. Aber," er sah sein Gegenüber kritisch an, „du hältst vorerst die Klappe. Das hier geht sonst keinen was an, kapiert?"
Atze nickte.
Hartmann grinste in sich hinein. Irgendwie hatte er das Gefühl, dass an dieser Karte was dran sein könnte. Er, Boris Hartmann, würde mit dem Fund groß 'rauskommen. Das spürte er. Und von diesem Hohlkopf Atze ging sicher keine Gefahr aus.

Jean-Marie Hämmerle riss die Tür zur Casa Española in der Adelhauser Straße auf. Er stapfte die paar Stufen Richtung Tresen hoch. Oben schüttelte er sich, dass die Regentropfen von seinem ockergelben Lederwestchen in alle Richtungen stoben.

„Ey, pass doch auf, Mann“, blökte ein stadtbekannter Frauenarzt, der am Ende der Theke seine Praxis hatte.
„Ist ja gut!“ Hämmerle machte eine wegwerfende Handbewegung. Eigentlich hatte er vor Ärzten einen Heidenrespekt, aber diesem Kollegen hier, das wusste er genau, würde er nicht unterkommen. Er zog sich die zeltgroße 501 über den Wanst und grüßte zu dem Tisch hinüber, an dem einige alte Bekannte aus dem Litfass saßen, seiner ehemaligen Stammkneipe.
„Auch mal wieder hier“, grüßte der Stadtoberastronomierat zurück, der mit einem Freund aus der Reisebranche und Many, der südbadischen Antwort auf Elvis, gerade die ökologischen Folgen der Billigflüge ab Basel diskutierte. Am besten wäre es, so das Fazit des Astronomen, man bliebe daheim. In einem sich ständig ausdehnenden Universum war man ja sowieso immer irgendwie unterwegs.
„Buenas tardes, compañero!“ kam es von der Theke.
Hämmerle schnaubte und wischte die kreisrunden Gläser seiner Bertold-Brecht-Gedächtnisbrille trocken. Dieter Pikulski war einfach zu blöd. Seit Hämmerles bester Freund und Saufkumpan nach einem kurzen Ausflug in die Selbstständigkeit nun zwischen andalusischen Kacheln und einem ausgestopften Stierkopf im kalten Neonlicht der Casa Rioja zapfte, kam er ihm irgendwie spanisch vor. Auf der anderen Seite hatte Pikulskis neuer Job auch seine guten Seiten. Jean-Marie stapfte auf den Tresen zu, wobei seine Birkenstocksandalen schmatzende Laute von sich gaben.
„Eine doppelte Portion Mayonnaisesalat.“ Hämmerle klopfte mit dem Zeigefinger auf die Tapastheke. „Und von den eingelegten Pulpos.“

„Hast du keine Angst, dass du irgendwann mal platzen wirst?" Dieter sah besorgt an Hämmerles 266 Pfund Lebendgewicht nackt auf der Waage hinunter. „Ich meine, bei deiner sitzenden Tätigkeit."

„Wieso, ich bin doch dauernd unterwegs." Hämmerle kletterte auf den Barhocker. Da war was dran. Als Taxifahrer der Freiburger Taxizentrale kam der Ex- und Ewigstudent tatsächlich viel rum. 36 Semester Studium der Philosophie, Ethnologie, Theologie und Soziologie und alles ohne Abschluss an der Albert-Ludwigs-Universität hatten ihn gelehrt, dass die Wahrheit relativ ist. So wie Einsteins Theorie und der Rest des Universums. Er seufzte tief. Das waren Dimensionen, in die Dieter nie vorstoßen würde.

„Gibt's was Neues von Atze?" Dieter knallte einen Riesenberg Kartoffelsalat vor Hämmerle auf die Theke.

„Mmmmpf", machte Jean-Marie und stopfte sich eine Gabel Salat in den Mund. Auf seinen Neffen war er zurzeit nicht gut zu sprechen. „Er wohnt jetzt auf einem Verbindungshaus. Auch noch bei einer schlagenden Verbindung. Drüben am Lorettoberg. Das kleine Arschloch war zu faul, sich eine anständige Bude zu suchen." Er schüttelte resigniert den Kopf.

„Mach dir nichts draus", beschwichtigte Pikulski. „Wie ich den kenne, will der doch nur ein billiges Zimmer und Freibier bis zur Bewusstlosigkeit."

„Das ist es ja gerade", schimpfte Hämmerle. „Dafür verkauft der seine Großmutter. Null Charakter." Seinen einzigen Neffen hatte sich der nach eigenem Empfinden letzte aufrechte Linke der Breisgau-Metropole einmal anders vorgestellt. Da half es auch nichts, dass die Studentenverbindungen im 19. Jahrhundert in den Wirren der 48er Revolution als fortschrittliche Kräfte in Hambach für ein einig Reich und Vaterland angetreten waren.

„Aber die haben ihn drangekriegt", grinste Hämmerle. „Von wegen für quasi umsonst wohnen. Den haben sie abkommandiert."

„Abkommandiert?" Dieter riss die Augen auf.

Hämmerle feixte: „Der sitzt dort auf dem Speicher und sortiert zusammen mit noch so 'nem Verbindungstypen den Nachlass vom Römischen Kaiser."

„Von wem?"

„Na, von August Kaiser, dem großen Freiburger Altertumsforscher. Der wurde so genannt, weil er der Spezialist für Römische Provinzialarchitektur war."

„Na, dann passt er ja in die Gegend", kommentierte Pikulski.

Hämmerle ignorierte den Einwand. Die Stichelei gegen die angebliche Provinzialität der Breisgau-Metropole hatte er gründlich satt. Und seit der SC wieder einmal in der ersten Liga spielte, kam mit den Fans aus den Metropolen auch wieder etwas vom Duft der großen weiten Welt an die Dreisam.

„Und was hat nun Atze mit diesem Kaiser zu tun?" wollte Pikulski wissen.

„Der war auch in der Badenia", sagte Hämmerle. „Außerdem kennt den in Freiburg jedes Kind."

Tatsächlich war der legendäre Archäologe August Kaiser nicht nur in Fachkreisen für seine Forschungen auf dem Gebiet der Römischen Provinzialarchitektur bekannt. In den dreißiger Jahren des vergangenen Jahrhunderts hatte er einige sensationelle Funde gemacht und war an vielen Ausgrabungen im In- und Ausland beteiligt gewesen. Weltweite Beachtung hatte ihm jedoch sein populärwissenschaftliches Standardwerk „Götter und geleerte Gräber“ eingebracht, das immer noch zur Lieblingslektüre der Hobbyarchäologen rund um den Globus zählte.

Nach dem Zweiten Weltkrieg war es ruhiger um Kaiser geworden. Es hieß, er sei gleich nach dem Krieg aus guten Gründen ins Ausland gegangen und habe ein großes Forschungsprojekt in Ägypten geleitet. Anfang der 60er Jahre war er wieder nach Freiburg gekommen. Dort lebte er völlig zurückgezogen und betrieb nur noch seine privaten Forschungen, an denen er niemanden teilhaben ließ. Man munkelte damals, dass er seine Grabungen und seinen relativ aufwändigen Lebensstil problemlos finanzieren konnte, weil er den einen oder anderen Fund unter der Hand verkauft hatte, anstatt ihn ordnungsgemäß zu melden.

Im Laufe der Jahre war es immer einsamer um Kaiser geworden. Lediglich mit der Badenia hatte ihn nach wie vor der „Lebensbund“ verbunden. 1966 war er im Alter von 61 Jahren unter nie ganz geklärten Umständen bei Bollschweil mit seinem Porsche 911 von der Straße abgekommen und tödlich verunglückt. Da er weder Familie noch Nachkommen hatte – was bei seiner Veranlagung auch eher verwunderlich gewesen wäre –, wurde sein wissenschaftlicher Nachlass seither auf dem Speicher der Badenia aufbewahrt. Lange Jahre hatten die umfangreichen Aufzeichnungen unbeachtet auf dem Dachboden gelegen. Aber nun näherte sich Kaisers hundertster Geburtstag und man plante, das Lebenswerk des berühmten Mannes mit einer großen Ausstellung zu würdigen.

„Wenigstens interessiert sich dein Neffe für dieses alte Zeug. Das müsste dich doch freuen.“ Pikulski wischte die Mayonnaise vom Tresen und stellte ein neues Glas Rioja hin.

„Pah, das tut er ja gar nicht. Der interessiert sich doch für gar nichts.“ Hämmerle schnaubte verächtlich und rammte die Gabel in den Fangarm eines bedauernswerten Pulpos, der sich seinen Lebensabend sicher einmal anders vorgestellt hatte. „Der hat so ein mieses Abi hingelegt“, meckerte Hämmerle weiter, „dass ihm gar nichts anderes übrig blieb, als Archäologie zu studieren. Da gibt's nämlich keinen Numerus Clausus. Wenn du mich fragst, dann hat so einer an der Uni nichts verloren. Oder kannst du mir sagen, was der da soll? Der kann doch jetzt schon anfangen, für seine Langzeitstudiengebühren zu sparen.“

„Sag ihm das doch am besten selbst“, Pikulski deutete mit seinem markanten Kinn mit den Kirk-Douglas-Grübchen in Richtung Tür. Hämmerle fuhr auf seinem Barhocker herum. „Ach du Scheiße!“ Das hatte ihm gerade noch gefehlt.

„Hallo Onkel Jean-Marie“, quäkte Atze von der Tür her. „Du glaubst nicht, was heute bei uns auf dem Haus los war.“ Hämmerle wurde knallrot. Hoffentlich hatten das seine Bekannten nicht gehört! „Mensch, was ist denn das hier für ein Mäuseleum?“ Atze klemmte sich neben ihn und sah in die Runde. „Das ist ja wie bei uns auf'm Haus, wenn die Alten Herren kommen.“ Er kräuselte die Stirn, die in wenigen Jahren wahrscheinlich ebenso weit reichen würde wie die seines Onkels. Überhaupt war Hämmerle der Jüngere, also Atze, Hämmerle dem Älteren, also Jean-Marie, wie aus dem Gesicht geschnitten. Der gleiche kugelrunde Kopf mit Stupsnase und Sommersprossen, der gleiche herzförmige Kussmund. Atzes Segelohren allerdings stammten wohl aus der Linie seines Erzeugers, der sich schon vor der Geburt seines Sprösslings vom Acker gemacht hatte, was wiederum Jean-Marie nur zu gut verstehen konnte. Mit seiner Schwester Ursula war nicht gut Kirschen essen.

„Was willst du denn hier?“ Hämmerle zog die Augenbrauen bis unter die Haarwurzeln. „Solltest du nicht lieber bei deinen neuen Freunden sein? Ihr könntet doch ‘ne Runde Säbel schwingen.“

„Wir haben heut’ beim Sortieren was gefunden.“ Atze wühlte aufgeregt in den zahllosen Taschen seiner khakifarbenen Cargohose herum. „Das muss ich dir unbedingt sofort zeigen.“

„Trinkst du was, Atze?“ Pikulski zwinkerte Hämmerles Neffen aufmunternd zu. „Wie wär’s mit einem Desperado?“

„Super“, Atze strahlte Pikulski an. Die beiden hatten sich schon immer gut verstanden.

Hämmerle verzog angewidert den Mund. „Also“, sagte er ungeduldig, „was ist denn nun so Aufregendes passiert?“

„Hier“, Atze zog ein zerknülltes Blatt Papier hervor. „Ich habe versprechen müssen, dass ich es niemandem zeige, aber ...“ Atze rutschte auf seinem Hocker herum, „Boris, also mein Kumpel, darf davon nichts erfahren. Sonst ist er stinksauer. Der war nämlich dabei. Und er hat gesagt, ich soll die Klappe halten. Er wollte mit dem Original gleich zu Professor Müller, um zu fragen, ob er uns bei der Entzifferung helfen kann. Das hier ist nur eine Kopie.“ Atzes Ohren glühten.

„Hä?“ Hämmerle verstand kein Wort. „Kannst du nicht mal in zusammenhängenden Sätzen sprechen?“

„Hier, trink erst mal was“, Pikulski stelle Atze die Flasche hin. Atze nahm einen großen Schluck. „Also“, sagte er, „wir, also ich und Boris, wir müssen doch den Nachlass vom alten Kaiser sortieren. Und heute Nachmittag ist dem Keller, also das ist unser Hausmeister, der alte Suffkopp, beim Einsortieren so ein alter Schinken von der Leiter runtergeknallt.“

„Aha“, Hämmerle zog die Augenbrauen hoch, „erledigen bei der Badenia die Hausmeister die wissenschaftliche Arbeit?“

„Der hilft uns doch nur bei den schweren Kisten. Also“, machte Atze weiter, „auf jeden Fall knallt dem Keller die Schwarte auf den Boden und da löst sich der Einband. Also der ganze Rücken und so. Und ratet mal, was da zum Vorschein kam?“ Er legte das Papier auf den Tresen und faltete es auseinander. Triumphierend fuhr er fort. „Das sieht doch aus wie eine Schatzkarte, findet ihr nicht?“

„Zeig mal her!“ sagte Pikulski. Er hatte alle Indiana-Jones-Filme auf DVD.

Atze strich das Papier zwischen Hämmerles Mayonnaise- und Rotweinflecken glatt. Pikulski beugte sich über die krakelige Zeichnung und die wirren Buchstabenreihen und Zahlen und schüttelte ratlos den Kopf.

„Hier“, Atze fuhr mit dem Zeigefinger über die gestrichelten Linien. „Das ist doch eindeutig eine Landkarte. Und der ganze Buchstabensalat da, das ist bestimmt eine Geheimschrift.“

„Tatsächlich“, Pikulski war Feuer und Flamme. „Die Spitzen da könnten Kirchtürme sein. Und das da“, er deutete auf ein blaues Zeichen, „könnte eine Quelle oder ein Brunnen sein.“

„Und ich bin Long John Silver“, murrte Hämmerle und tipp-

te sich an die Stirn. „Ihr seid doch bescheuert. Was soll denn der Kinderkram?“
„Genau das hat von Scheven auch gesagt. Das ist unser Senior. Er war Müllers Assistent, als der noch an der Uni war. Aber der hat doch keine Ahnung. Also, Boris ist mit der Karte gleich runter in den Saal, da war gerade Großer Konvent. Müller hat ihn ganz schön zur Sau gemacht, weil er da einfach reingeplatzt ist und hat ihn gleich ’rausgeschmissen. Von Scheven ist dann zu ihm ‘rausgekommen und hat die Karte einkassiert. Boris war ziemlich sauer. Er kriegt sogar einen protokollierten Rüffel.“
„Einen was?“ Pikulski riss die Augen auf.
„Weil er als Fux beim Großen Konvent nix zu suchen hat. Das ist nur für Vollberechtigte.“
Pikulski schüttelte den Kopf. „Die spinnen, die Römer.“
„Sag ich doch.“ Hämmerle winkte ab.
„Und was ist jetzt mit der Karte?“ wollte Dieter wissen.
„Von Scheven ist hinterher noch mal zu uns gekommen und hat gesagt, das sei alles Unsinn und wir sollten am besten alles vergessen, wissenschaftlich sei da nichts dran. Wir würden uns nur blamieren. Aber das glaube ich nicht.“
Hämmerle griff nach dem Papier, warf einen kurzen Blick darauf und ließ es mit spitzen Fingern auf den Tresen zurück segeln. „Sieht doch jeder, dass das Unsinn ist. Da hat dieser von Scheven sicher Recht. Und ich hab jetzt die Nase voll“, er stand auf und gähnte. „Außerdem hab ich morgen Frühdienst. In meinem Beruf kann ich es mir nicht leisten, nicht ausgeschlafen zu sein. Ich zahle morgen.“ Er winkte Pikulski gönnerhaft zu und schlappte zur Tür.

„Da bin ich aber gespannt", murmelte Pikulski. „Komm Atze, wir trinken noch einen." Er stellte noch ein Desperado vor Atze auf die Theke. „Geht alles auf seinen Deckel. Prost."

2. Der Caesar-Code

Atzes Schädel brummte. Verschlafen schlurfte er über den Gang in Richtung Gemeinschaftsküche. Das letzte Desperado gestern Abend war wohl schlecht gewesen. Außerdem war er viel zu spät dran. Boris würde ganz schön sauer sein.
Auf dem Flur begegnete Atze Hausmeister Keller, der gerade dabei war, den Getränkeautomaten mit frischem Flaschenbier aufzufüllen. „Na, Hämmerle wohl spät geworden gestern?“ Karl Keller grinste anzüglich und streckte Atze eine Flasche Ganter hin. „Gut gegen den Kater.“ Atze unterdrückte den Brechreiz und stieß die Tür zur Etagenküche auf.
Dort herrschte bereits reges Leben. Windel, seines Zeichens Kraßfux, servierte zwei Bundesbrüdern, die es sich am Tisch gemütlich gemacht hatten, gerade Speck und Spiegeleier.
„Na, Hämmerle, wohl spät geworden gestern!“ Bundesbruder von Stark kippte lässig seinen Stuhl nach hinten.
Atze winkte träge ab.
„Windel, Speck und Eier für unseren Spefux!“ schaltet sich Konstantin Zitzewitz ein, der am Tisch saß und in seinen Speckeiern herumstocherte.
„Jawoll“, kam es vom Herd.
„Und, Hämmerle, wann dürfen wir mit deiner Admission rechnen?“ Von Stark schob Atze gönnerhaft seine Speckeier hin. „Hier. Ei und Butter - hilft dem Vater auf die Mutter.“ Er schlug sich wiehernd auf die Schenkel.
Zum Glück blieb Atze eine Antwort erspart. Angeekelt stieß er seine Gabel in das schlabberige Eigelb und stopfte sich

eine Portion Speckeier in den Mund. So bald wie möglich würde er das Wort „Admission“ im Schimmerbuch nachschlagen.
„Schade, muss jetzt los.“ Von Stark stand auf. „Sieht man sich heut’ Abend auf der Kneipe?“
„In welcher denn?“ fragte Atze.
„Wie, in welcher?“ fragte von Stark zurück. „Ach so, haha, Scherzkeks. Auf dem Haus natürlich. Unser junger Spefux Hämmerle muss wohl noch einiges lernen, nicht wahr?“ Er drosch Atze mit der flachen Hand auf den Rücken.
In diesem Augenblick riss Boris die Tür auf. „Na, Hämmerle, machen wir heut’ Ferien?“ schnarrte er. „Oben warten noch mindestens zehn Kartons auf dich. Ich selbst bin heute verhindert. Werde anderweitig gebraucht.“ Dann machte er auf dem Absatz kehrt und knallte die Tür hinter sich zu.

Es war schon spät am Abend, als Atze sich auf dem staubigen Dachboden geschlagen gab. Den ganzen Tag lang hatte er über der Zeichnung und dem Buchstabensalat gebrütet, statt sich, wie angeordnet, um den restlichen Kaiser’schen Nachlass zu kümmern. Boris war nicht wieder aufgetaucht. Am frühen Abend hatte Atze versucht, ihn auf dem Handy zu erreichen, aber es hatte sich lediglich die Mailbox eingeschaltet.

Auch Jean-Marie Hämmerle hatte sein Tagewerk beendet. Kurz nach elf parkte er den Benz der Taxizentrale vor seiner Wohnung in der Zasiusstraße. Er wälzte sich aus dem Wagen und seufzte. Den halben Tag hatte er in Wartestellung an seinem Taxistand verbracht. Das Taxigeschäft war auch

schon mal besser gelaufen. Aber seit der SPD-Kanzler mitsamt seiner Splitterpartei alles daran setzte, seinen Bürgerinnen und Bürgern den letzten Cent aus der Tasche zu ziehen, waren die sowieso schon sparsamen Südbadener noch knickriger geworden. Da war die Spardebatte, die seit Monaten den Gemeinderat beschäftigte, nur noch das Pünktchen auf dem i. Selbst den heiligen Städtischen Bühnen waren Sparmaßnahmen aufdiktiert worden, über die sich die Intendantin allerdings souverän hinweg gesetzt hatte. Jetzt war sie auf dem Weg nach Düsseldorf und mischte sich nur noch halbherzig in die Diskussionen, die von der Kulturliste im Gemeinderat regelmäßig angestoßen wurden.
Jean-Marie schloss den Benz ab und schnupperte. Vom Sternwald her roch es kokelig. Kein Wunder, dachte Hämmerle, dass sich die jungen Leute lieber mit ihren Bierkisten am Lagerfeuer vergnügten, als in die teuren Kneipen zu gehen. In jedem Sommer zogen Abend für Abend wahre Heerscharen mit Campingausrüstung durch die stillen Wiehrestraßen, um einen der immer rarer werdenden Plätze auf der Sternwaldwiese und das zugehörige Brennmaterial für ihr Lagerfeuer zu ergattern. Schon so mancher Zaunpfahl aus den benachbarten Schrebergärten hatte bereits als Brennstoff herhalten müssen.
Hämmerle gähnte und sah auf die Uhr. Für einen Absacker würde es noch reichen. Er schlappte langsam die Zasiusstraße hinunter. Dann bog er in die Hildastraße und ging weiter Richtung Schwabentor, das Tor, das seit Jahrhunderten den Weg ins feindliche Schwabenland wies. Immer wieder hatte das Bauwerk im Lauf der Geschichte Angriffen und Belagerungen standhalten müssen. Doch gegen die

Belagerung der Innenstadt war auch dieses Bollwerk machtlos. Ein paar Meter weiter, auf dem „August“, versammelten sich Abend für Abend feindliche Heere, die mit ihren Hundemeuten die Freiburger Bürger in Angst und Schrecken versetzten.

Es war kurz vor Mitternacht, als er die Tür zur Casa öffnete. Die letzten Gäste waren schon gegangen. Nur Atze saß noch am Tresen und beugte sich gemeinsam mit Pikulski über Königs Plan. Hämmerle schüttelte den Kopf.

„Kriegt man hier nichts mehr zu trinken?“ fragte er.

„Schscht“, zischte Pikulski und fuhr mit der Hand durch die Luft. Er stierte angestrengt auf den Zettel. „Mensch, ich hab's!“ schrie er plötzlich und sprang auf. „Gabi, ich danke dir!“ Er stürzte sich auf Atze und umarmte ihn.

Atze sah Dieter entgeistert an.

Auch Hämmerle war von den Socken. „Gabi? Bist du jetzt völlig durchgeknallt?“

„Gabi Krawczyk!“ Pikulski haute mit der flachen Hand auf den Tisch. „Erinnerst du dich nicht mehr an sie? Die kleine Blonde, die in Lahr neben euch gewohnt hat? Die hat mir früher immer Briefchen geschrieben, wenn ihr Mann weg war. Dann sollte ich zu ihr kommen. War 'ne ganz heiße Nummer. Und diese Briefchen waren im Caesar-Code geschrieben. Damit sie sonst keiner lesen konnte.“

Hämmerle hörte mit offenem Mund zu. Dass der schöne Dieter bei den Frauen leichtes Spiel hatte, wusste er nur zu gut. Aber dass er ausgerechnet Gabi, den Traum seiner pubertierenden Nächte ...

„Was ist denn das, der Caesar-Code?“ fragte Atze dazwischen.

„Ganz einfach“, erklärte Dieter, „du fängst bei A an und ver-

schiebst jeden Buchstaben einfach um eine bestimmte Zahl. Zum Beispiel um drei. Dann wird aus A ein D, aus B ein E. Wir müssen nur noch 'rauskriegen, um welche Zahl da verschoben worden ist."
Pikulski nahm sich das Papier wieder vor und zückte den Bleistift, den er sich hinters Ohr geklemmt hatte. Leise murmelte er vor sich hin. „Ich hab's!" schrie er plötzlich. „Es ist kinderleicht. A ist G!"
Es war wirklich kinderleicht. Eine Viertelstunde später präsentierte Dieter stolz sein Ergebnis. Er las vor:

„EIN FELDHERR LIEGT BEIM DEUTSCHEN RHEIN
GOLDGESCHMÜCKT IST SEIN GEBEIN
MEIN FELDHERR ACH DU HEROS MEIN
LASS MICH DEIN LETZTER ZEUGE SEIN
VON GROSSER PRACHT UND HERRLICHKEIT
WAR DEINE EDLE RÖMERZEIT
OH GROSSER MANN DEIN KÜHLES GRAB
ICH ENDLICH NUN GEFUNDEN HAB
DU LIEGST BEIM DEUTSCHEN RUHEKISSEN
MAN MUSS NUR UM DEN SCHLÜSSEL WISSEN
ZWEI SCHENKEL LAUFEN AUF DICH ZU
WOS SPITZ WIRD HAST DU DEINE RUH
UND FIND ICH EINST EIN SCHNELLES END
IST DIES MEIN LETZTES TESTAMENT"

„Das ist von Kaiser!" fuhr Atze aufgeregt dazwischen. „Der hat immer so komische Gedichte geschrieben. Wir müssen eine ganze Tafel über Kaiser, den Lyriker, vorbereiten." Er spitzte die Lippen und flötete:

„DEIN KRÄFT'GER WUCHS,
DEIN KLARER BLICK,
OH! GLÜHENDES VERLANGEN!
DU WECKEST MEINES HERZENS GLÜCK,
OH HOLDER KNAB!
ICH BIN VON DIR GEFANGEN."

Atze fing hemmungslos an zu lachen.
Hämmerle sah ihn entgeistert an. „Du lässt sofort die Finger von diesem Zeug", donnerte er los. „Wenn das deine Oma wüsste!"
Dieter winkte ab. „Schön und gut, aber was soll dieser Schwachsinn bedeuten?" Er tippte auf das Papier.
„Keine Ahnung", sagte Atze. „Ruhekissen, Schlüssel wissen, Schenkel, wo's spitz wird ..." er bekam rote Ohren. „Der Kaiser war doch schwul. Das weiß bei uns auf dem Haus jeder."
„Eben!" sagte Hämmerle.
„Und dafür haben wir uns jetzt die halbe Nacht um die Ohren gehauen." Pikulski gähnte herzhaft, räumte die Gläser ab und fing mit dem Abwasch an.
Unterdessen war Jean-Marie ganz still geworden. Er stierte auf das Blatt mit Pikulskis Übersetzung und zwirbelte nachdenklich sein dünnes Nackenzöpfchen. „Mensch", sagte er schließlich, „ich hab's. Das deutsche Ruhekissen, das ist doch eindeutig."
„Wie, eindeutig? Du hast doch gestern noch gesagt, das ganze wäre Schwachsinn?" Atze schaute seinen Onkel ungläubig an.
„Also, ich meine, soooo hab ich das ja wohl nicht gesagt", Hämmerle kam etwas ins Schwimmen. „Auf jeden Fall", ging

er zum Gegenangriff über, „ist es für einen Hämmerle, der Archäologie studiert, ein Armutszeugnis, dass er nicht weiß, was das Deutsche Ruhekissen ist. Ich hab schon im ersten Semester an einer Arbeit über dieses Thema gesessen. Bei Professor Hagen Müller übrigens. Der war damals noch an der Uni."

„Jetzt sag schon endlich, was der Quatsch bedeuten soll", fuhr Pikulski dazwischen. „Und gib nicht so mit deinem dämlichen Studium an. Ich hätte auch studieren können, wenn du mir mein Abi nicht versaut hättest."

Das war eine alte Geschichte zwischen den beiden. Seinerzeit hatte Hämmerle Pikulskis Abituraufsatz auf dem Schulklo so verhauen, dass Dieter sein Abi auch im zweiten Anlauf nicht geschafft hatte.

„Ich kann's nicht mehr hören." Atze hielt sich theatralisch die Ohren zu.

„Okay, passt mal auf." Hämmerle gab fürs erste klein bei. Er deutete mit seinem dicken Zeigefinger auf die Zeichnung. „Das ist tatsächlich eine Karte." Er atmete gewichtig durch. „Der Text hier sagt uns, wo genau sich der Ort befindet, der auf der Karte eingezeichnet ist. Und er sagt uns, dass Kaiser wahrscheinlich ein Römergrab gefunden hat. Und zwar von einem Feldherrn", dozierte er. „‚Goldgeschmückt ist sein Gebein' und ‚Oh großer Mann, dein kühles Grab ich endlich nun gefunden hab', das ist doch eindeutig." Er nahm seine Nickelbrille ab. „Also, die Schlüsselworte sind Rhein, das Deutsche Ruhekissen und der Schlüssel. Und da gibt es nur einen Ort, der in Frage kommt." Er sah triumphierend in die Runde.

„--??" (Atze)

„--??" (Dieter)

Dann begann Hämmerle einen längeren Vortrag. Er streifte die frühe und die späte Römerzeit, die Besatzungsgeschichte des südlichen Teils der oberrheinischen Tiefebene, die Beutezüge der Römer im Südwesten und die erbitterten Kämpfe, die sich Römer und Alemannen hier in einer der geschichtsträchtigsten Landschaften Deutschlands geliefert hatten. Inzwischen war Pikulski eingeschlafen und erlebte Hämmerles kurzen Ausflug in Kaisers umstrittene Vergangenheit genauso wenig mit wie seine Bemerkungen zur „Germania" des Tacitus. Erst als Jean-Marie bei den Problemen der frühen Urbanität am Oberrhein angekommen war, schreckte er auf und bekam gerade noch mit, dass es sich bei dem Deutschen Ruhekissen und dem Schlüssel um eine der am heißest umkämpften europäischen Festungen, nämlich um Breisach handelte. „... und deshalb galten die Berg- und die Unterstadt von Breisach durch die Jahrhunderte als Schlüssel und Ruhekissen des Heiligen Römischen Reiches Deutscher Nation." Hämmerle lehnte sich zufrieden zurück. Das hätte eine Antrittsvorlesung im Historischen Seminar sein können. In der Tat. Weite Teile seines Vortrags hatten die Hörer verschlafen.
„Dann liegt das Gold also in Breisach?" Atze grapschte nach der Karte und zog sie zu sich her.
„Jetzt hör mal", Hämmerle klopfte genervt mit dem Zeigefinger auf die Transkription des Kaiser'schen Gedichtes, „hier steht doch eindeutig ‚beim deutschen Ruhekissen' nicht ‚im deutschen Ruhekissen' oder darauf. Ich möchte mal wissen, was ihr an der Uni heutzutage lernt. Nicht mal die einfachsten Regeln der textimmanenten Arbeit kennt ihr. ‚Bei' heißt ‚bei' und nicht ‚im'. Das Grab muss also in der Umgebung von Breisach sein."

„Oh Mann", stöhnte Pikulski, „wir können doch nicht das ganze Dreiländereck umgraben."
„Ich blick jetzt überhaupt nicht mehr, wo das sein soll. In Breisach oder im Dreiländereck?" Atze hatte etwas die Orientierung verloren. Er stellte die Karte auf den Kopf, aber ohne Ergebnis.
„‚Dreieck' ist schon mal gar nicht schlecht", belehrte ihn sein Onkel. „Aber ihr denkt ja offensichtlich nur an das eine, gell Dieter? Nein, nein", Hämmerle schüttelte den Kopf. „Die Schenkel und wo's spitz wird, das ist Geometrie. Ein Dreieck also. Aber ich sag nur PISA, gell, Atze."
Pikulski nahm Atze die Karte aus der Hand und drehte sie richtig herum. Dann grinste er. „So, meine Herren", sagte er nach einer Weile, „so macht es Sinn. Hier", er zeigte auf die Karte. „Wenn diese beiden Krakel da die Türme vom Breisacher Münster sein sollen und der Turm genau westlich davon zu Freiburg gehört, dann zeigt die Spitze des Dreiecks hier wahrscheinlich nach Bad Krozingen. Und dieses Gekritzel, das muss der Berg bei Krozingen mit dem Aussichtspunkt sein. Dieser Aussichtspunkt liegt genau westlich des Kurparks."
Hämmerle war platt. „Woher weißt denn du das? Hast du Nachhilfe in Heimatkunde genommen?"
Dieter wurde rot. „Ich war mal 'ne Zeit lang Aushilfsbademeister in Krozingen." Er räusperte sich und sah zu Atze hinüber. „Da bin ich manchmal nach Feierabend mit meiner Maschine zu dem Aussichtspunkt hochgefahren. Aber das tut jetzt nichts zur Sache. Das da", er tippte auf das kleine blaue Zeichen östlich des Berges, „das ist der Kurpark mit der Thermalquelle."

„Na prima“, trumpfte Hämmerle auf. „Wenn du dich dort so gut auskennst, dann weißt du ja wahrscheinlich auch, warum die Krozinger Thermalquelle ‚Nena-Quelle' heißt“.

„Sicher wegen dieser Sängerin“, sagte Atze und pfiff die ersten Takte von „99 Luftballons“.

Hämmerle tippte sich an die Stirn. „So ein Blödsinn. Bei dir ist wirklich Hopfen und Malz verloren.“ Er nahm einen tiefen Schluck Rijoa. „Nena Sahib war ein indischer Freiheitskämpfer, der Anfang des 20. Jahrhunderts gegen die englische Kolonialmacht gekämpft hat. Und weil die Deutschen in dieser Zeit ziemlich sauer auf die Tommies waren, haben sie die neu entdeckte Krozinger Quelle kurzerhand nach ihm benannt. Man munkelt, dass dieser Nena Sahib sogar mal in Krozingen war.“

„Und was hilft uns das jetzt?“ maulte Atze.

„Komm, lass gut sein“, Pikulski zwinkerte Atze zu und nahm sich die Karte wieder vor. „In der Nähe gibt‘s doch auch diese Ausgrabungsstelle“, sagte er. „Da liegt ein riesiges Gelände brach. Kann nicht drauf gebaut werden, weil dort angeblich der alte römische Stadtkern war. Das hier muss der Baum sein.“ Er wandte sich an Atze. „Am Berg steht ein riesiger Mammutbaum. Und weiter unten in der Ebene ist noch einer. Den hat er auch noch eingezeichnet.“ Er lehnte sich triumphierend zurück. „Und der Punkt hier muss das Grab sein. Wir brauchen nur noch hinzufahren und ein bisschen zu graben. Das ist ein Kinderspiel, sage ich euch.“ Pikulski machte eine neue Flasche auf. „Der hat sogar die Entfernung eingetragen.“ Er tippte mit dem Finger auf die Karte. „Fünfzehn Schritte vom Baum.“

„Aber eins verstehe ich nicht“, warf Atze nachdenklich ein, „wenn der Kaiser so genau gewusst hat, wo das Grab mit dem Schatz liegt, warum hat er dann nicht einfach danach gegraben?“

„Das ist mal wieder typisch. Und du willst Archäologie studieren“, sagte Hämmerle. „Da buddelt man nicht einfach so rum. Stell dir mal vor, das hätten sie im Tal der Könige gemacht. Außerdem ist Kaiser, soweit ich weiß, nach dem Krieg lange Zeit im Ausland gewesen.“ Er blickte vielsagend in die Runde. „Und dann ist er ja ziemlich plötzlich bei einem Autounfall ums Leben gekommen, kurz nachdem er wieder nach Freiburg zurück gekommen war. Aber vielleicht hat er ja auch schon gebuddelt und das Grab ist schon lange leer, wer weiß.“

„Das glaube ich nicht. Dann hätte er die Karte doch nicht mehr verstecken müssen.“ Atze wurde ganz zappelig. „Los, Leute, am besten fahren wir gleich hin. Sonst kommt uns womöglich noch jemand zuvor.“

„Moooment!!“ Hämmerle hob beide Hände. „Festina lente[4], wie wir Lateiner sagen, gell Atze. So eine Sache will gründlich vorbereitet sein. Auf jeden Fall müssen wir nachts graben und dafür brauchen wir eine Taschenlampe, einen Kompass, eine Schaufel und ein Picknick. Ich hab leider morgen keine Zeit für irgendwelche Besorgungen. Ich hab quasi den ganzen Tag Dienst. Also besorgst du“, er deutete auf Pikulski, „Spaten und Lampe. Den Kompass habe ich. Und du, Atze, organisierst ein Picknick. Ihr habt doch auf eurem Haus sicher einen schönen großen Kühlschrank. Schau doch

[4] Eile mit Weile

einfach mal nach, was da Leckeres für uns drin ist. Ich wollte schon immer mal Gast einer schlagenden Verbindung sein.“

3. Grabräuber

Es war kurz nach eins in der folgenden Nacht, als Hämmerle den Benz der Taxizentrale durch Bad Krozingen lenkte. Atze saß auf dem Rücksitz und hibbelte herum wie ein Dreijähriger. Pikulski hatte das Kommando übernommen. „Hier ist das Krozinger Schloss.“ Er deutete in die stockdunkle Nacht. „Und da vorne kommt gleich das Ausgrabungsfeld.“ Sie passierten das archäologische Grabungsschutzgebiet und bogen rechts ab in die Thermenallee Richtung Kurpark. Auf schmalen geteerten Wegen ging es dann hinauf auf den Äußeren Berg. Oben beim Grillplatz stellte Hämmerle den Wagen ab. Von hier aus konnte es nicht mehr weit sein.

Atze riss die Tür auf und sprang hinaus.

„Los, kommt, ich glaube, hier geht's lang!“, rief er und deutete auf einen schmalen Pfad, der durch einen Buchenwald führte.

„Stopp“, rief Pikulski. „Wir müssen erst mal zu dem Mammutbaum. Sonst finden wir die Stelle nie.“

„Außerdem“, mahnte Hämmerle „bitte ich um ein bisschen Disziplin, meine Herren. Schließlich handelt es sich bei unserer Aktion möglicherweise um eines der bedeutendsten archäologischen Projekte der vergangenen Jahrzehnte. Sonst hätte sich Kaiser doch nicht solche Mühe gegeben, das Grab geheim zu halten.“

„Sag ich doch“, maulte Atze.

Die Truppe machte sich im Gänsemarsch auf den Weg. Jeder hatte seine Aufgabe. Dieter trug eine funzelige Stablampe, die einen schwachen Lichtstrahl verbreitete, Atze einen Spaten und Hämmerle den Picknickkorb. Es war Neumond, und man konnte kaum die Hand vor Augen sehen. Der Wind raschelte in den Buchen und im Unterholz knackste und knisterte es. Die nachtaktiven Jäger waren bereits seit Stunden bei der Arbeit. Von Zeit zu Zeit fiel eine Buchecker mit leisem Plopp zu Boden. Nach einigen hundert Metern richtete Pikulski den Lichtstrahl seiner Taschenlampe auf einen mächtigen Baum. „Das ist er", sagte er mit belegter Stimme. „Ich sage euch, wir sind richtig hier."

Ein durchdringender Schrei ließ die drei zusammenfahren.

„Was war das?" Atze ließ vor Schreck den Spaten fallen.

„Reiß dich zusammen", herrschte Jean-Marie seinen Neffen an. „Das war ein Käuzchen. Das hat vor dir mehr Angst als du vor ihm."

Sie machten bei dem Mammutbaum Halt und deponierten ihr Gepäck auf einer Bank, die direkt neben dem Baum stand.

„So, von hier aus fünfzehn Schritte genau Richtung Westen." Hämmerle nahm Dieter die Taschenlampe ab und leuchte auf den Kompass.

„Und was machen wir, wenn wir im Grab Gold finden?" fragte Atze beiläufig. Die ganze letzte Nacht hatte er von seinem Durchbruch als Wissenschaftler geträumt. Aber Ruhm und Ehre konnte er nur dann erlangen, wenn der Fund auch publik wurde. Jetzt hatte er Angst, dass sein Onkel und Dieter das Gold lieber zur Seite schaffen und den sensationellen Fund verheimlichen wollten.

„Ich kauf mir einen Porsche", sagte Dieter, als könne er Atzes Gedanken lesen.

„Und ich hör mit dem Taxi auf und widme mich ganz der Wissenschaft."
Atze schluckte. „Aber muss so ein Fund nicht gemeldet werden?" gab er kleinlaut zu bedenken.
„Larifari!" Dieter winkte ab. „Die ganze Gegend hier ist doch voll von dem Zeug. Außerdem kommt das Gold ja in gute Hände." Dieter klopfte Atze besänftigend auf die Schulter.
„Ey, was ist jetzt? Wird nun diskutiert oder was?" Hämmerle ging los. „Eins, zwei, drei, vier, fünf, sechs, sieben, acht, neun, zehn, elf, zwölf, dreizehn, vierzehn, fünfzehn." Er blieb auf einer kleinen moosbedeckten Lichtung stehen. „Hier muss es sein", sagte er und winkte mit der Taschenlampe Dieter und Atze heran.
„So so, der Herr Hämmerle." Dieter schnalzte mit der Zunge. „Wie kannst du dir da so sicher sein? Hast du dir mal überlegt, dass fünfzehn Schritte eine äußerst unpräzise Maßeinheit sind?" Er nahm Jean-Marie die Lampe aus der Hand und ließ den Lichtkegel über den Waldboden gleiten. „Wie soll man denn hier was finden? Wir können doch nicht den ganzen Wald umgraben."
Entnervt lehnte sich Hämmerle gegen einen Baumstamm und blickte in die dunkle Nacht. „Tene mensuram et respice finem[5]", murmelte er.
„Warum basteln wir nicht eine Wünschelrute?" fragte Atze aufgeregt. „Wenn da unten Gold ist, schlägt die garantiert aus. Mamma war mal auf so 'nem Kurs im Sauerland. Danach musste ich dauernd ihren Verlobungsring im Garten vergraben. Und sie hat mit der Wünschelrute danach gesucht."

---

[5] Halte Maß und denke an das Ende

„Ich hab ja schon immer gewusst, dass meine Schwester nicht ganz richtig tickt“, entgegnete Hämmerle. „So eine Wünschelrute, das ist doch der reine Hokuspokus.“

„Bei uns hat's funktioniert“, sagte Atze. „Mamma hat ihn immer gefunden, egal wo ich ihn versteckt habe.“

„Auf jeden Fall ist es besser, wir probieren es damit, als hier alles durchzupflügen“, maulte Pikulski. „Das bleibt ja doch an mir hängen. Aber wo kriegen wir hier so ein Ding her?“

„Das ist doch ganz einfach. Man braucht nur eine Astgabel.“ Atze nahm Dieter die Taschenlampe aus der Hand und leuchtete herum. „Die wäre gut. Hier.“ Er brach eine dünne Y-förmige Astgabel von einem Busch und streifte die Blätter ab. Dann packte er sie an den beiden kurzen Enden und kreiste mit ausgestreckten Armen langsam über die Kaiser'sche Lichtung.

„So ein Blödsinn. Worauf hab ich mich da eingelassen. Zum Glück sieht uns keiner.“ Hämmerle schlappte zurück zur Bank neben dem großen Baum und begann, so gut es bei der Beleuchtung ging, Atzes Picknickkorb zu inspizieren. Mit spitzen Fingern zog er eine Tütensuppe, einen Sixpack Fruchtzwerge, einen Doppelpack Hanuta, eine Dose Ölsardinen, zwei Bifis und eine inzwischen aufgetaute Tiefkühlpizza hervor, dazu zwei Fläschchen Rigo. Hämmerle sah die erstaunliche Mischung angewidert an, die sein Neffe da zusammengestellt hatte.

„Kaum zu glauben, was die Menschen heute so in sich reinstopfen“, sagte er. Dann pellte er die orangefarbene Plastikhülle von der Bifi und biss mit Todesverachtung hinein. Schmeckte verdammt nach Kunststoff, das Zeug.

In diesem Augenblick rief Atze aufgeregt vom anderen Ende der Lichtung: „Ich glaube, ich hab was!"
Hämmerle ließ die angebissene Bifi fallen und stürzte zu Pikulski und dem Jungen hinüber.
In der Tat. Geheime Mächte zogen die Wünschelrute nach unten. Hämmerle starrte ungläubig auf die dürre Astgabel, die sich im Licht der Taschenlampe unter einer magischen Anziehungskraft zu Boden neigte.
„Gib mal her", schnauzte er seinen Neffen an. „Verarschen kann ich mich alleine."
Unwirsch riss er Atze die Wünschelrute aus der Hand, und ließ sie sofort mit einem spitzen Aufschrei fallen.
„Was ist denn los?" wollte Dieter wissen.
„Das Ding lebt", japste Jean-Marie. „Es hat sich in meiner Hand bewegt."
„Sag ich doch", triumphierte Atze, „das war nicht ich. Das war die Wünschelrute. Da unten ist was, jede Wette."
Nach ein paar weiteren Versuchen mit der Wünschelrute war Hämmerle überzeugt, dass es mehr Dinge zwischen Himmel und Erde gab, als selbst er erklären konnte. Und das wollte etwas heißen. Er war einfach nicht dazu in der Lage, den Ast gegen dessen „Willen" ruhig zu halten.
Pikulski hatte die ganze Zeit ohne ein Wort zu sagen daneben gestanden und Hämmerles Kampf mit der Astgabel beobachtet. Das Ganze erinnerte ihn verdammt an seine kurze Zeit in der Freiburger Voodoo-Szene[6]. Es lief ihm kalt über den Rücken, wenn er daran dachte. Er wusste, was passieren konnte, wenn man sich mit den Mächten der Finsternis einließ.

[6] Siehe Heyberger/Marquardt: Katzenkiller, Sternwaldverlag, Freiburg 1995

Schließlich legte Hämmerle den Ast ehrfürchtig auf den Boden, schnappte sich den Spaten und hielt ihn Pikulski hin. „Hier! Ich hab's am Rücken."
Dieter hob abwehrend die Hände. „Ich grab da nicht", sagte er mit belegter Stimme. „Ich grab da nicht. Du hast doch gesagt, da liegt eine Leiche."
„Weichei", knurrte Jean-Marie. „Die ist seit 2000 Jahren tot. Du bist doch sonst immer so mutig. Dann gräbst eben du." Er drückte Atze den Spaten in die Hand.
Dem blieb nichts anderes übrig. Schließlich hatte er eine große Zukunft als Wissenschaftler vor sich.
„Siehst du, Dieter", sagte Hämmerle, „ein Hämmerle stellt sich nicht so an."
Dieter schwieg und leuchtete mit der Taschenlampe auf die Ausgrabungsstelle. Der Lichtstrahl zitterte leicht. Während Atze unentwegt schaufelte, standen die beiden Goldgräber stumm daneben. Nur manchmal machte Atze eine kleine Pause, um zu verschnaufen und sich den Schweiß von der Stirn zu wischen. Zum Glück war das Erdreich locker.
„Da ist was!" schrie er nach einer Viertelstunde und schaufelte hektisch weiter.
Hämmerle schob Pikulski zur Seite und beugte sich über den Grubenrand. Wahnsinn, dachte er. Hatte es der alte Kaiser tatsächlich ernst gemeint. Vielleicht würde er doch auf das Gold verzichten und den Ruhm ernten? Dr. h.c. Jean-Marie Hämmerle, der große Altertumsexperte, der „Römer-Hämmerle". Was würde seine Mutter dazu sagen? Und wer weiß, vielleicht würde ja auf den ersten Fund ein zweiter und ein dritter folgen. Vielleicht würde sogar mal eine Sammlung im Freiburger Museum für Ur- und Frühgeschichte nach ihm be-

nannt. Ja, er würde den Fund melden und der Wissenschaft einen Dienst erweisen. Pikulski würde er schon noch 'rumkriegen. Was wollte der auch schon mit einem Porsche in der Hauptstadt der Tempo-30-Zonen, die noch dazu von einem Grünen regiert wurde!
„Komisch", murmelte Dieter in diesem Augenblick. „Hatten die Römer schon Plastiktüten?"
Jean-Marie schreckte aus seinen Träumen auf. Plastiktüten? Tatsächlich, jetzt sah er es auch. Aus der nun schon beachtlichen Grube, die sein Neffe freigelegt hatte, lugten an mehreren Stellen Teile einer blauen Plastikplane hervor. Das war wirklich etwas merkwürdig. Er beugte sich über die Grabungsstelle und zupfte vorsichtig an der Plane. Nichts passierte. Offensichtlich barg sie einen schweren Gegenstand. Vielleicht, so schoss es Hämmerle durch den Kopf, hatte Kaiser den Schatz schon einmal ausgegraben und ordentlich verpackt wieder an der gleichen Stelle versteckt.
„Lass mich mal", Pikulski schob ihn zur Seite und zerrte an den Plastikfetzen. „Atze", schnaufte er, „hilf mal, ich schaff das nicht alleine." Die beiden packten zu und zerrten ein unförmiges Bündel hoch. Gerade als sie es über den Grubenrand wuchten wollten, riss die Folie und gab ihren Inhalt frei. Mit einem dumpfen Plumps fiel Boris Hartmann wieder zurück in sein Grab.

Auf ihrer wilden Flucht über den Krozinger Berg ließen die drei alles stehen und liegen. Irgendwie gelangten sie über die schmalen Waldwege, die den Bergrücken kreuz und quer überzogen, zurück zum Auto und rasten hinunter ins Kurgelände. Vor dem so genannten neolithischen Haus mitten im

Kurpark hielten sie an und versuchten, ihre flatternden Nerven zu beruhigen. Zum Glück hatte Hämmerle noch eine Literflasche vom legendären Selbstgebrannten im Kofferraum. Während die Flasche kreiste, sagte keiner ein Wort.
Endlich rülpste Hämmerle geräuschvoll. „Das wird dir hoffentlich eine Lehre sein, Atze. Die Schatzsucherei ist ein gefährliches Geschäft. Das hab ich ja schon immer gesagt."
Er nahm noch einen tiefen Schluck und reichte die Flasche weiter an seinen Neffen auf dem Rücksitz.
Der schniefte geräuschvoll. „Ich versteh das alles nicht. Wieso ist Boris tot? Und wie kommt er in diese Grube?" Er schluchzte auf.
Pikulski griff nach der Flasche.
„Also wenn du mich fragst", sagte er. „Ich glaube, da steckt irgendein Weib dahinter."
„Du hast auch nur eins im Kopf", fuhr Hämmerle seinen Freund an. Typisch Pikulski. Kein Wunder, dass der immer Ärger mit irgendwelchen Ehemännern hatte. Er klopfte auf das Lenkrad. „Wir müssen uns an die Fakten halten, sonst kommen wir nicht weiter", dozierte er. „Also: Boris und Atze finden eine verschlüsselte Karte. Boris platzt in den Konvent, zeigt die Karte von Scheven und wir wissen nicht, wer sie sonst noch gesehen hat. Eine Nacht später liegt Boris tot in der Grube, in der wir einen Römischen Feldherrn vermuten."
Atze sah sich gehetzt um und drückte die Zentralverriegelung. „Wenn Boris wegen der Karte sterben musste, bin ich als Nächster dran", schluchzte er.
„Quatsch", schnauzte Hämmerle.
„Ich glaube, der Junge ist tatsächlich in Gefahr", Pikulski drehte sich zu Atze auf dem Rücksitz um. „Schließlich hast

du die Schatzkarte auch gesehen. Das weiß möglicherweise auch Boris' Mörder. Und deshalb", er wandte sich wieder Hämmerle zu, „ist der Junge auch in Gefahr."
„Papperlapapp. Wir wissen ja noch nicht mal, ob in dem Grab überhaupt ein Schatz war", patzte Hämmerle.
„Doch", kam es leise vom Rücksitz.
„Was doch?" Hämmerle fuhr herum.
„Doch, da war was drin", murmelte Atze. Er streckte seine Hand über die Lehne des Fahrersitzes und öffnete sie. Auf seiner Handfläche lagen zwei verschrammte Münzen, die sogar noch in der dunklen Nacht golden schimmerten. Die Reste des Römerschatzes.

Eine halbe Stunde später saßen die drei immer noch geschockt an Hämmerles Küchentisch in der Zasiusstraße. Die Literflasche mit dem Selbstgebrannten war fast leer.
„Ich glaub mir ist schlecht", sagte Atze.
„Dann iss was", konterte sein Onkel und drehte eine der Münzen aus dem Römergrab zwischen den Fingern.
Atze ging zum Kühlschrank und öffnete die Tür.
„Ihh", quietschte er und haute die Tür wieder zu.
„Ich glaube", sagte Pikulski mit ernster Stimme, „wir müssen die Polizei anrufen. Womöglich passiert dem Jungen wirklich noch was."
Hämmerle schüttelte energisch den Kopf und warf seinem Neffen einen vernichtenden Blick zu. „Du glaubst doch nicht im Ernst", sagte er zu Pikulski, „dass ich Harry Stefan anrufe und sage: bitte, bitte lieber Herr Kommissar, wir haben hier einen Fall, bitte helfen Sie uns? Der wartet doch nur auf eine Gelegenheit, mir eine reinzuwürgen. Nein,

nein!“ Hämmerle haute auf den Tisch, „Auf keinen Fall die Polizei.“
„Was, glaubst du, wird Oma sagen, wenn mir was passiert?“ jammerte Atze.
Vor seiner Mutter Marianne hatte Hämmerle einen Heidenrespekt. „Okay, okay“, lenkte er ein. „Wir rufen die Polizei an. Aber nur anonym. Und da sie mich dort kennen, muss es einer von euch beiden tun.“

Als bei Harry Stefan zu Hause in Tunsel das Telefon klingelte, war es vier Uhr morgens.
„Oh nein“, stöhnte er, warf einen Blick auf den Radiowecker und tastete nach dem Handy. Aber das verflixte Ding war nicht zu finden. Erbarmungslos dudelte Hazy Osterwalds Kriminaltango aus der Dunkelheit.
„Kannst du das verdammte Telefon nicht ausstellen“, zischte Angela Stefan und trat nach ihrem Mann. Wenn es um ihren Schönheitsschlaf ging, kannte sie keine Gnade. Als Avon-Beraterin wusste sie schließlich, was sie ihrer Kundschaft schuldig war.
„Was glaubst du, was ich hier tue?“ schnauzte Stefan und machte das Licht an. Angela stöhnte und rückte die Gelmaske, das neuste Produkt ihres Arbeitgebers, zurecht. Inzwischen hatte Stefan das Handy zwischen seinen Magentabletten und dem Fernet Branca auf dem Nachttisch gefunden. Ungeschickt fingerte er auf der Tastatur herum. Endlich gab Hazy auf.
„Was ist?“ raunzte Stefan in das Nokia.
„Hier ist ein Mord passiert“ quäkte es aus dem Äther. „Kommen Sie schnell.“

„Was soll der Scheiß?“ Stefan war nahe daran, das Handy gegen die Wand zu schmeißen. „Es ist mitten in der Nacht. Sind Sie noch ganz bei Trost?“
„Das ist kein Scheiß. Fahren Sie zum Krozinger Berg. Dort liegt ein Toter.“ Dann brach die Verbindung ab.

Hämmerle wickelte sein kariertes Taschentuch vom Hörer. Wie immer war alles an ihm hängen geblieben. Die beiden Weicheier in der Küche hatten sich noch nicht einmal getraut, ein einfaches Telefongespräch zu führen.
Er schlurfte zurück in die Küche.
„So, Feierabend“, sagte er. „Mehr können wir jetzt nicht tun.“
„Duhuhu, Onkel Jean-Marie,“ piepste Atze. „Kann ich heut’ bei dir schlafen?“

4. Das Herz der Finsternis

Am nächsten Morgen stand die Badenia Kopf. Wie eine Bombe hatte die Nachricht eingeschlagen, dass Boris Hartmann, einer der ihren, ermordet worden war. Nach Aussage des Pathologen war dem Spefux mit einem stumpfen Gegenstand den Schädel eingeschlagen worden. Die Tat lag etwa 48 Stunden zurück. Vom Täter fehlte jede Spur. Dafür hatte man einen Spaten, eine Taschenlampe, einen Kompass und Lebensmittel gefunden. Die Tatwaffe allerdings war nicht dabei, soviel konnte man schon sagen. Dazu hatten die Leute von der Spurensicherung jede Menge Fingerabdrücke genommen.

Der Tod des Spefux war für die Badenia eine blanke Katastrophe. Nicht genug, dass überall Polizei war und die ganze Nachbarschaft von dem Blaulicht und dem Tatütata aufgeschreckt wurde. Wie würden sie nun dastehen, vor allem vor der Presse. Die Schlagzeilen konnte man sich ausdenken. Die Journaille hatte die Korporierten sowieso auf dem Kieker. Zu allem Überfluss war der ermittelnde Kommissar auch noch ausgesprochen schlecht gelaunt. Professor Hagen Müller, der als Alter Herr eilends herbeigeeilt war, nahm sich vor, so bald es ging, den Polizeipräsidenten anzurufen. Ab und zu spielten sie zusammen in Kirchzarten eine Partie Golf. Alles musste man sich schließlich nicht gefallen lassen, auch wenn man als Corpsbruder in der grün regierten Breisgau-Metropole heutzutage fast Freiwild war. Kein Wunder in einer Stadt, in der der Oberbürgermeister gemeinsam mit dem Leiter des Ordnungsamts und dem ersten Kabarettisten am Ort auf der VIP-Tribüne zu den Klängen von Carlos Santanas Gitarre schunkelte. Da sehnte man sich fast zurück nach Alt-OB Böhme, dem Badener-Lied und der Herrschaft der Genossen.

„Wer ist denn hier der Chef?“ Harry Stefan, der Leiter der Freiburger Mordkommission sah durch seine dicke Kassenbrille in die Runde.

Moritz von Scheven trat einen Schritt vor. Aber Hagen Müller hielt ihn zurück. „Lass mal Moritz. Da muss ein Alter Herr ran.“ Er wandte sich an Stefan. „Sie können mit mir sprechen!“ sagte er und stellte sich vor. Dabei straffte er das Kinn, dass sich die Schmisse auf seiner Wange spannten.

„Können wir uns irgendwo unterhalten?“ fragte Stefan. Für ihn war der Fall schon jetzt so gut wie gelöst. Irgendeiner hier in diesem Haus war der Mörder. Diesen Verbindungsbrüdern traute er alles zu.

„Gehen wir in den großen Saal!“ donnerte Müller.

Stefan schlurfte hinter ihm her. Wie er diese Stadt hasste! Da war ihm ein Bandenkrieg unter Türken in Kreuzberg hundertmal lieber gewesen.

Der große Saal war mit dunklem Holz getäfelt. Schwere rote Samtvorhänge umrahmten die Fensterfront, die über die ganze Breite des Raumes reichte. Die Aussicht über die Dächer der Wiehre war einzigartig. Welche Verschwendung, dachte Stefan und ließ den Blick über die Bildergalerie an der gegenüber liegenden Wand gleiten, von der eine Reihe Alter Herren in Öl mit strengen Gesichtern heruntersah. Dann wandte er sich Professor Müller zu.

„Als Erstes brauchen wir die Fingerabdrücke. Von allen.“ raunzte er.

„Wie, Fingerabdrücke?“ Müller zog eine Augenbraue hoch. „Ich denke, das können wir lassen. Von uns hier hat niemand etwas mit diesem“, er stockte kurz, „scheußlichen und feigen Verbrechen zu tun. Hartmann war einer unserer besten.“

„Darauf kann ich leider keine Rücksicht nehmen“, patzte Stefan. „Je eher wir es hinter uns bringen, desto besser. Ich erwarte Ihre ‚Mannen‘ in einer halben Stunde hier im Saal. Vollzählig. Und auf die Sekunde pünktlich.“ Seine Stimme wurde schneidend. „Damit wir uns richtig verstehen. Es geht schließlich um Mord.“

Er machte auf dem Absatz kehrt. Professor Hagen Müller sah ihm mit offenem Mund nach. Es hatte ihm die Sprache verschlagen.

Eine halbe Stunde später hatten sich die Bundesbrüder der Badenia schweigend und dem Ernst der Situation entsprechend mit schwarzen Armbinden im großen Saal versammelt. Atze hatte sich ganz ans Ende der Schlange gemogelt und schwitzte Blut und Wasser. Den ganzen Morgen, seit Harry Stefan in der Verbindung aufgetaucht war, bastelte er an einer Erklärung, wie er seine Fingerabdrücke auf der Schaufel, auf der Taschenlampe, eigentlich auf allem erklären konnte. Unaufhaltsam rückte die Schlange vor.

Vorne an dem großen Tisch, an dem man sonst die Tradition des Salamanderreibens pflegte, saß Fanny Duffner, Stefans Assistentin, und konnte nur mit Mühe ihre Wut beherrschen. Sie hatte ihren Chef noch nie leiden können – was auf Gegenseitigkeit beruhte –, aber das, was Stefan ihr da aufgehalst hatte, ging eindeutig zu weit. Wahrscheinlich saß er wieder in irgendeiner Kneipe und trank Fernet Branca, während sie sich mit diesen Rotzlöffeln rumschlagen musste. Die anzüglichen Bemerkungen der versammelten Burschenschaftler hätten Ursula Knöpfle, der Freiburger Frauenbeauftragten, die Tränen der Empörung in die Augen getrieben. Es dauerte eine Ewigkeit, bis das Ende der Schlange nahte. Fanny ließ ihren Blick über die Jünglinge schweifen, die noch auf ihre erkennungsdienstliche Behandlung warteten. Sie stutzte. Das Gesicht ganz am Ende der Schlange kam ihr bekannt vor. Der Junge glich ihrem alten Schulfreund Jean-Marie Hämmerle aus Lahr aufs Haar. Der gleiche kugelrunde Kopf mit Stupsnase und Sommersprossen, der gleiche herzförmige Kussmund. Das musste Atze sein. Dunkel erinnerte sie sich an Weihnachtsfeste und Geburtstage, an denen Atze und seine Mutter früher regelmäßig zu Besuch nach Lahr gekommen waren. Nur die enormen Segelohren konnten nach Fannys Kenntnissen der Sippe nicht aus der Hämmerle'schen Linie stammen. Ihn hier anzutreffen, erstaunte sie allerdings mächtig. Dann fiel ihr wieder ein, dass Hämmerle neulich Abend in der Casa von seinem Neffen erzählt hatte, der seit kurzem in Freiburg studierte und in einer schlagenden Verbindung gelandet war.

Mechanisch nahm sie die Personalien der beiden Jungen vor ihm auf. Name, Adresse, Geburtsdatum ... Sie drückte ihnen die leicht verschwitzten Finger auf ein Stempelkissen, dann auf ein offizielles polizeiliches Formblatt und reichte ein Kleenex zum Abwischen der Stempelfarbe. Die Bundesbrüder traten ab. Jetzt war nur noch der junge Hämmerle im Raum. Nervös kam er an ihren Tisch.

„Na, Atze“, sagte Fanny.

Atze fuhr zusammen. Sie kannten ihn also schon bei der Polizei. „Ich war es ganz bestimmt nicht, auch wenn meine

Abdrücke drauf sind", stammelte er. „Der Boris war schon tot." Dann brach er in Tränen aus.

„Hier", sagte Fanny, gab ihm ein Kleenex und sah sich um. „Was erzählst du denn da?" fragte sie leise. „Ich glaube, wir müssen erst mal in Ruhe miteinander reden. Aber nicht hier." Sie gab Atze ein neues Kleenex. „Ich bin übrigens die Fanny, eine Freundin von deinem Onkel. Der hat mir schon erzählt, dass du jetzt in Freiburg bist. Ich hab dich gleich erkannt. Dass du ein Hämmerle bist, sieht man auf den ersten Blick. Komm", sie lächelte ihm aufmunternd zu. „Ich glaube, ich rufe deinen Onkel an. Dann treffen wir uns in einer halben Stunde in der Casa. Die kennst du doch sicher."

Atze nickte. „Und meine Fingerabdrücke?" schluchzte er.

„Die hab ich doch schon", sagte Fanny. Sie zwinkerte Atze zu und drückte ihre eigenen Fingerkuppen in das Stempelkissen.

Die Casa war an diesem frühen Vormittag noch leer. Jean-Marie, Dieter, Fanny und Atze saßen an einem Tisch neben der Theke und hielten Kriegsrat. Dieter hatte es übernommen, Fanny in Kürze die ganze Geschichte vom Römischen Kaiser und seiner Schatzkarte zu erzählen, wobei er selbst in der Rolle des Indiana Jones glänzte. Hämmerles Stirnadern waren während des Vortrags bedenklich angeschwollen.

„Und jetzt schwebt der Junge in Lebensgefahr", schloss Dieter seinen Vortrag. „Er weiß einfach zu viel."

Atze schluchzte wieder auf. Fanny legte beruhigend ihren Arm um seine Schultern. „Da bleibt euch beiden wohl nichts anderes übrig, als den Mörder zu finden", sagte sie. Ihr glaubt doch wohl nicht, dass Stefan den Fall lösen wird? Ihr kennt ihn doch."

Jean-Marie nickte. Oh ja! Er hatte die Methoden des Freiburger Kommissars in verschiedenen Fällen gründlich kennen gelernt, was dazu geführt hatte, dass die beiden eine herzliche Feindschaft verband. Dass Fanny ihren Chef geradezu hasste, hatte sich in der Vergangenheit schon häufiger als Vorteil erwiesen.
„Und was, bitte schön, sollen wir deiner Meinung nach machen?“ fragte Hämmerle.
„Jemand von euch beiden muss sich in die Verbindung einschleusen. Es ist ja wohl klar, dass der Mörder dort zu suchen ist. Und die Undercover-Methode ist kriminaltechnisch gesehen immer noch die erfolgreichste.“ Fanny rührte in ihrer Kaffeetasse und leckte den Löffel ab.
„Stimmt“, Pikulski ließ den Kiefer knacken. „Aber ich komme für diesen Einsatz leider nicht in Frage. Ich habe ja kein Abitur.“ Er grinste breit.
Hämmerle sah von einem zum anderen. Er ahnte, was auf ihn zu kommen würde. „Oh nein!“ Er hob abwehrend die Hände. „Kommt überhaupt nicht in Frage. In dieses Schlangennest kriegen mich keine zehn Pferde. Ich habe schließlich ein Leben lang gegen die Reaktion gekämpft. Außerdem hab ich nichts anzuziehen.“
„Willst du etwa deinen Neffen auf dem Gewissen haben?“ Fanny sah ihn vorwurfsvoll an. „Was würde wohl deine Mutter dazu sagen? Und die Klamotten besorg ich dir aus der Asservatenkammer. Da haben wir bestimmt auch was in deiner Größe.“
Eine gute Stunde später hatten sie Hämmerle weich gekocht. Er würde Urlaub nehmen und sich ins Herz der Finsternis einschleusen. Er sollte sich in der Badenia als Alter Herr ei-

ner befreundeten Burschenschaft aus Göttingen ausgeben, den eine Forschungsarbeit zum Thema „Spätrömische Festungen am Oberrhein und des anliegenden Hochrheintals von Tiberius bis zum Ende des 1. Jahrhunderts nach Christus“ für vierzehn Tage nach Freiburg führte. Zu diesem Thema hatte Hämmerle einmal eine Hausarbeit in Soziologie beginnen wollen, aber der Professor hatte das Thema abgelehnt. Zum Glück hatte er sich trotzdem Notizen gemacht. Die konnte er jetzt wieder 'rauskramen. Für die vierzehn Tage Feldforschung würde er die Badenia um Gewährung der traditionellen Gastfreundschaft bitten. Ein Band in den entsprechenden Farben und die dazu gehörige Mütze wollte Fanny aus Göttingen besorgen. Als Polizeiassistentin hatte sie da ihre Möglichkeiten.

„Und ich?“ piepste Atze.

Fanny tätschelte seinen Arm. „Du musst dringend zu deiner Großmutter. Die Ärmste ist krank. Ich rufe gleich bei euch auf dem Haus an und sorge dafür, dass es dort auch jeder mitkriegt. Damit bist du erstmal aus der Schusslinie. Du kannst so lange bei deinem Onkel wohnen. Der braucht seine Bude in der nächsten Zeit ja nicht.“ Sie zwinkerte Atze verschwörerisch zu.

5. Ampeltrinken

„Und wenn Rot ist, musst du absetzen.“ Moritz von Scheven deutete zum Fenster hinaus. Gleich am ersten Abend hatte er die wichtige Aufgabe übernommen, Jean-Marie Hämmerle alias Dr. Donatus von Clausewitz in die traditionellen Trinksitten der Badenia einzuführen. Überhaupt war der Einzug in das Verbindungshaus einfacher gewesen, als Hämmerle gedacht hatte. Mit allen protokollarischen Ehren war der „Alte Herr der befreundeten Suevia aus Göttingen“ in der Badenia als Gast aufgenommen worden. Hämmerles adliger Deckname und sein erfundener Doktortitel hatten ihm sämtliche Türen in dieser fremden Welt auf dem Lorettoberg geöffnet. Der graue Dreiteiler und die Hornbrille, die Hämmerle noch aus seiner Theaterzeit hatte[7], taten ein Übriges, ihn seriös wirken zu lassen.
Von Scheven hatte sich dem Gast als Zeichen besonderer Ehre als Corpsbursche zur Verfügung gestellt, um ihn höchstpersönlich während des gesamten Aufenthalts zu betreuen. Eine Tatsache, die Hämmerle kalte Schauer über den Rücken jagte. Schließlich war von Scheven sein Hauptverdächtiger im Mordfall Boris Hartmann. Auf der anderen Seite konnte er von Scheven auf diese Weise unauffällig beobachten, und je näher er ihm kam, desto leichter konnte er ihn überführen. Vielleicht ergab sich sogar die Möglichkeit, von Schevens Zimmer schon bald unauffällig unter die Lupe zu nehmen.

---

[7] Siehe Heyberger/Marquardt: Theaterblut, Sternwaldverlag, Freiburg 1997

Heute Abend nun war Ampeltrinken angesagt, eine Freiburger Variante der korporierten Trinkkultur. Für die meisten Badenier war das Ritual der Höhepunkt ihres wöchentlichen Alkoholpegels. Die Regeln waren nicht allzu kompliziert und auch nach drei Litern Bier noch locker zu bewältigen: war die Verkehrsampel, die man vom Lorettoberg aus sehen konnte, auf Grün geschaltet, musste man trinken, war sie rot, wurde der Bierkrug abgesetzt. Dieser Brauch war seinerzeit von Mitgliedern eines befreundeten Corps aus Tübingen mitgebracht und von der Badenia begeistert aufgenommen worden. Vom Tübinger Verbindungshaus am Österberg hatte man freien Blick auf eine belebte Kreuzung mit Ampelanlage, die das Ritual erst möglich machte. In Freiburg dagegen war die nächste Ampel vom Verbindungshaus auf dem Lorettoberg relativ weit entfernt, was zur Folge hatte, dass Hausmeister Keller dazu verdonnert wurde, die Ampelphasen mittels eines Fernglases zu beobachten und anzusagen. Ein Job, der Keller schwer gegen den Strich ging, ihm aber auch eine gewisse Macht verlieh. Regelmäßig am späteren Abend, wenn die versammelte Corona dem Lauf der Dinge nicht mehr exakt folgen konnte, gab Keller, um das Ganze abzukürzen und endlich Feierabend zu haben, die Grünphasen nach eigenem Gusto durch. An manchem Abend war permanent Grün. Doch heute hatte Keller seinen freien Abend, und die verantwortungsvolle Beobachtungsaufgabe war Kraßfux Julian Kampen übertragen worden, ein semmelblonder rotgesichtiger Jurastudent aus Hamburg, der seine Aufgabe mit dem notwendigen Ernst versah und zackig ansagte: „Grün!"
Nur wenige Ampelphasen später war Jean-Marie Hämmerle hackedicht.

„Na, das seid ihr in Göttingen wohl nicht gewohnt, was?" schnarrte von Scheven und goss dem Gast nach. „Das Kotzophon ist gleich wenn du 'rauskommst links."
„Zum Glück ist hier ja sonst nichts links", lallte Hämmerle. Trotz seines gehörigen Alkoholpegels spielte er seine Rolle als alter Herr mit Bravour.
„Na ja", kommentierte von Scheven. „In einer Stadt mit einem grünen Oberbürgermeister hat es unsereins wahrhaftig nicht leicht. Und jetzt wollen sie auch noch unseren Baubürgermeister von der CDU absägen. Aber zum Glück sind wir hier eine feste Gemeinschaft. Unser Wahlspruch lautet schließlich ‚Ferrum fero, ferro feror!'[8]"
„Zicke-zacke, zicke-zacke, hoi-hoi-hoi!" lallte Hämmerle und lachte albern.
Von Scheven sah den Gast aus Göttingen irritiert an. Nun ja, oben in der niedersächsischen Provinz waren sie schon immer etwas seltsam gewesen. Er lächelte gekünstelt. Schließlich war man sich in der Badenia der Verpflichtungen bewusst, die die Gastfreundschaft mit sich brachte. „Wohlsein!" grunzte er und hob den Krug erneut.
„Ich muss mal eben", Hämmerle stürzte aus dem Saal.
„Ich glaube, unser Gast hat langsam genug", schaltete sich Kraßfux Windel ein. Er strich unter dem Tisch zärtlich über von Schevens Schenkel und blickte ihm tief in die Augen. „Ich bin auch ziemlich müde." Er zwinkerte von Scheven zu. Der gähnte theatralisch. „Ich glaube, Windel, du hast Recht." Er deutete auf Hämmerle, der kreideweiß wieder in der Tür erschienen war. „Ich bringe unseren Gast besser mal auf sein

---

[8] Das Eisen trage ich, vom Eisen werde ich getragen

Zimmer. Badenia sei's Panier! Los, von Clausewitz, dann wollen wir mal."

Er ging zu Hämmerle und packte ihn unter den Achseln. „Vorsicht, ich bin kitzelig", kiekste Hämmerle und winkte ab. „Das schaff' ich noch allein. Gute Nacht zusammen." Er winkte in die Runde und gab Scheven zum Abschied einen dicken Kuss auf die Wange.

Als Hämmerle am nächsten Morgen erwachte, erinnerte er sich nur dunkel an den vergangenen Abend. Irgendwas mit Bier und einer Ampel. Aber klasse musste es gewesen sein – bei dem Kater, den er hatte. Eigentlich war das Leben auf einem Verbindungshaus gar nicht so schlecht. Vielleicht sollte er seine Haltung noch einmal überdenken. Hambach war immerhin auch ein Argument. Er gähnte herzhaft und wuchtete seinen massigen Körper aus dem Bett.

Wenig später schlappte er mit seinem alten Kulturbeutel und einem nagelneuen königsblauen Bademantel mit Phantasiewappen auf der Brust über den Flur Richtung Dusche.

„Na, ist wohl spät geworden gestern Abend", krächzte ihm eine Stimme entgegen. Karl Keller, das Faktotum, frischte gerade die Biervorräte im Automaten auf und streckte Hämmerle ein Freiburger Pilsener entgegen. „Hier, das hilft Ihnen wieder auf die Beine."

„Danke", sagte Hämmerle und steckte die Flasche in seinen Kulturbeutel.

„Sie sind wohl der Gast aus Göttingen." Keller klapperte mit den Flaschen. „Da sind Sie ja in einen schönen Schlamassel reingeraten. Überall Polizei. Mal sehn, was die 'rausfinden." Er kicherte.

„Haben Sie denn was bemerkt?" fragte Hämmerle und versuchte, möglichst unbeteiligt zu klingen.
„Als Hausmeister kriegt man so einiges mit, das kann ich Ihnen sagen." Keller machte sich am Automaten zu schaffen. „Wenn man Jahrzehnte lang hier den Arsch vom Dienst macht." Er köpfte mit seinem Schlüssel ein Bier und nahm einen großen Schluck.
„Jaja, man hat's nicht immer leicht", Hämmerle heuchelte Mitgefühl. „Die Jungs schlagen sicher manchmal über die Stränge."
„Davon kann ich ein Lied singen. Man ist ja gerade gut genug, um den jungen Herren den Dreck weg zu machen. Die sind ja was Besseres. Und dabei, ich könnt Ihnen Sachen erzählen."
„War denn dieser Hartmann ..." Hämmerle versuchte, das Gespräch wieder auf das eigentliche Thema zu bringen.
Keller knallte die Automatentür zu. „Ich muss jetzt weiter", sagte er. „Irgend so ein Schwachkopf hat gestern Abend das Kotzophon aus der Wand gerissen."
Hämmerle wurde knallrot. „Ich geh dann mal duschen", murmelte er und schlappte davon.

6. Die nackte Kanone

„Ich kann euch sagen“, Hämmerle knallte seine Apfelschorle auf den Tresen der Casa Española, „ich rühr’ kein Bier mehr an. Gestern Abend war Kneipe mit Einführung in den Freiburger Bierkomment. Mir ist jetzt noch schlecht. Und du“, sein Finger richtete sich auf Atze, der neben ihm auf einem Barhocker saß und der sich aus Sicherheitsgründen mit einer dunklen Sonnenbrille und einer Basecap getarnt hatte, „du setzt mir da keinen Fuß mehr rein.“

Er haute seine Gabel in eine Tortilla und stopfte sich eine Ladung Kartoffelscheiben in den Mund. Nach der letzten Nacht konnte er ein kräftiges Mittagessen gut gebrauchen.

„Aber das Schlimmste kommt erst noch“, machte er weiter. „Wenn ich an heute Abend denke, krieg ich grad neue Kopfschmerzen. Da ist wieder Kneipe oder wie das heißt.“

„Das müsste dir doch eigentlich gefallen“, grinste Pikulski.

„Die Sauferei bei denen ist ein Fall für die Menschenrechtskommission. Und den Tierschutz sollte man auch einschalten. Da ist anscheinend irgendwas mit einer Eidechse geplant. Noch eine, bitte.“ Hämmerle hielt Pikulski sein Apfelschorleglas hin.

„Das ist ein Salamander und der wird gerieben“, belehrte Atze seinen Onkel.

„Hä?“ Hämmerle glotzte seinen Neffen an.

„Das kommt mir bekannt vor“, sagte Pikulski. „Das ist so ein exotisches Potenzmittel.“

„Oh Gott“, Hämmerle wurde blass.

„Quatsch“, quäkte Atze, „das ist eine feierliche Trinksitte.“

„Auch nicht besser“, murmelte Hämmerle.

„Zweimal Kaninchen", brüllte der Koch und knallte zwei Teller in die Durchreiche. Die Bedienung schnappte sich die Teller und trug sie an einen Tisch beim Eingang, an dem gerade heftig über den neuesten Skandal aus dem Freiburger Baudezernat debattiert wurde. Da hatten die „verantwortlichen Stellen" doch glatt vergessen, dass bereits vor Jahren ein städtebaulicher Wettbewerb zur Umgestaltung des Rotteckrings ausgelobt worden war, bei dem es auch einen eindeutigen Sieger gegeben hatte. Gerade noch rechtzeitig hatte man die Notbremse gezogen, bevor das Projekt nun noch einmal ausgeschrieben wurde.

„Bist du überhaupt weiter gekommen mit deinen Ermittlungen?" fragte Pikulski gedankenverloren und stierte der Bedienung auf den Hintern.

„Nicht direkt", wich Hämmerle aus. Er rülpste. „Aber heut' morgen habe ich den Hausmeister kennen gelernt. Ganz netter Typ. Den werd' ich mir noch mal vornehmen. Als Hausmeister kriegt man ja so einiges mit."

„Den kannst du vergessen", sagte Atze und stocherte in seinem Teller herum. „Der ist doch ständig hackedicht." Er pickte eine Muschel aus seiner Paella und beäugte sie angewidert von allen Seiten. Er würde nachher zu McDonalds gehen.

„Hast du dich wenigstens schon mal in von Schevens Zimmer umgesehen?" fragte Pikulski weiter.

„Ging nicht", antwortete Hämmerle mit vollem Mund. „Wenn ich ihn nicht am Hals hab', sitzt er die ganze Zeit in seiner Bude und hackt auf seinem Computer rum, so viel hab ich schon mitgekriegt."

„Der schreibt an seiner Dissertation", wusste Atze.

In diesem Augenblick kam Fanny durch die Tür. Schwungvoll knallte sie ihre Handtasche auf den Tresen.
„Es gibt was Neues", sagte sie. „Sie haben das Auto von Boris Hartmann gefunden. Stand auf einem Parkplatz in Bad Krozingen. Und die Kollegen haben", ihre Stimme wurde spitz, „nach intensiven kriminaltechnischen Ermittlungen doch tatsächlich herausgefunden, dass die Fingerabdrücke an den Fressalien, die sie am Tatort gefunden haben, von gleich mehreren Typen aus der Badenia stammen. Die meisten sind übrigens von einem Friedrich Windel. Kennst du den?" fragte sie Atze.
„Klar", antwortete der. „Windel ist Krassfux. Der kocht immer für die älteren bei uns auf dem Flur."
„Dann ist es ja kein Wunder, dass seine Fingerabdrücke auf der Tütensuppe sind", grinste Fanny. „Stefan wollte ihn eigentlich gleich einbuchten. Aber da gibt es ein Problem", sie sah bedeutungsvoll in die Runde. „Auf den anderen Sachen, die gefunden worden sind, befinden sich nämlich lauter fremde Fingerabdrücke." Sie nahm Pikulskis Hand und strich ihm sanft über die Fingerkuppen. „Ich hab vorsichtshalber deine Daten aus dem Zentralcomputer gelöscht. Man kann ja nie wissen. Schließlich warst du wegen dieser Tussi aus der Breisgau-Bohème ja schon mal in U-Haft[9]."
„Echt?" Atze sah Pikulski bewundernd an. „Erzähl mal."
„Wir haben jetzt Wichtigeres zu tun. Außerdem kannst du das alles nachlesen." Hämmerle winkte ab.
„Und jetzt", nahm Fanny den Faden wieder auf, „jetzt sucht Stefan wie besessen nach einer Erklärung dafür, warum auf

[9] Siehe Heyberger/Marquardt: Breisgau-Bohème, Sternwaldverlag, Freiburg/Brooklyn 2000

den Lebensmitteln lauter Fingerabdrücke aus der Badenia sind, auf der Schaufel, der Taschenlampe, dem Kompass und der Plane, in der die Leiche eingewickelt war, aber völlig andere. Deine Abdrücke", sie zwinkerte Atze zu, „haben sie ja nicht wirklich. Stefan stellt schon die wildesten Theorien auf: Ritualmord vor Zuschauern mit einem gedungenen Mörder. Oder: Besuch einer studentischen Todesschwadron aus einer anderen Stadt. Auf jeden Fall", sie sah Hämmerle an, „solltest du vorsichtig sein, wenn du auf dem Lorettoberg bist. Stefan wird in der nächsten Zeit wahrscheinlich ständig dort oben rumhängen und nach Indizien für seine Theorien suchen. Der ist so besessen von der Idee, einen Generalschlag gegen die Badenia zu landen, dass er das Haus rund um die Uhr observieren lassen will. Einigermaßen sicher vor ihm bist du erst nach fünf. Dann macht er nämlich Feierabend und überlässt die Nachtschicht mal wieder den Kollegen."

Doch von Sicherheit konnte für Jean-Marie auch nach fünf keine Rede sein. Im Gegenteil. Die Gastfreundschaft der Badenia erreichte gegen neun einen weiteren Höhepunkt. Zu Ehren des Besuchers aus Göttingen wurde besagter Salamander gerieben, eine Trinksitte, die im Verbindungsleben einen zentralen Stellenwert einnimmt. Ursprünglich handelte es sich dabei um ein Ritual, das ausschließlich mit Schnaps zu Ehren des Schnapsgottes Salamander abgehalten wurde. Zumindest das blieb Hämmerle erspart. Heute wurde der Salamander im Allgemeinen mit Bier gerieben.

Pünktlich um 21:00 Uhr s. t. war die gesamte Aktivitas im großen Saal versammelt. Moritz von Scheven als Senior hatte den Vorsitz. Er stand auf und bat um Ruhe. „Silentium! Die Corona präpariert sich innerhalb fünf Bierminuten zu einem Salamander zu Ehren unseres lieben Gastes Dr. Donatus von Clausewitz."

Hämmerle wurde angst und bange. Er ahnte, was auf ihn zukam. Die Anwesenden stürzten nach dieser Ankündigung an den großen Eichenschrank, in dem die Bierhumpen aufbewahrt wurden. Notgedrungen schlappte Hämmerle hinter ihnen her. Dann reihten sie sich vor dem Hundert-Liter-Bierfass auf, das für diesen Abend besorgt worden war. Immerhin war der Salamander die höchste Form der burschenschaftlichen Ehrung, die auf Kneipen und Kommersen einer Person zuteil werden konnte. Und das ließ sich die Badenia einiges kosten, schließlich hatte man einen Ruf zu verteidigen.

Exakt fünf Bierminuten später war es soweit. Die Corona saß mit gefüllten Maßkrügen am Tisch. Man schwieg gespannt. Moritz von Scheven stand auf: „Ad exercitium Salamandri, sind die Stoffe präpariert?"

Wie aus einem Mund antwortete die Corona: „Sunt!"

Von Scheven: „Corona ad pedes!"

Alle Mann standen auf.

Von Scheven: „Ad exercitium Salamandri, ad eins - zwei - drei."

Während von Scheven zählte, rieb die Versammlung mit ihren Biergläsern auf dem Tisch herum.

Von Scheven: „Ad eins - zwei - drei."

Das war das Kommando zu Glasheben. Bei eins wurde der Deckel aufgeklappt, bei zwei der Krug vor den Bauch gehoben, bei drei vor die Brust.

Dann war wieder von Scheven dran: „Bibite ex! Ad eins - zwei - drei!“
Jetzt wurde der Krug auf einen Zug leer getrunken, und von Scheven zählte bewusst langsam, um seinem Gast ausreichend Zeit zu geben. Dieser von Clausewitz schien im Gegensatz zu seiner äußeren Erscheinung ein ziemlich eingeschränktes Fassungsvermögen zu haben. Aber schließlich setzte auch er seinen Humpen ab.
Das war das Zeichen für von Scheven:
„Ad exercitium Salamandri!“
Jetzt hielten alle den Krug vor sich und von Scheven begann wieder zu zählen: „Ad eins - zwei - drei!“
Die Corona trommelte nun mit den Krügen auf dem Tisch herum.
„Ad eins - zwei - drei!“
Diesmal wurde bei drei mit den Krügen auf den Tisch gehauen.
„Ad eins - zwei - drei.“
Ein zweites Mal drosch die Versammlung die Krüge auf den Tisch. Alle brüllten:
„Salamander ex!!!“
Dann kippte Hämmerle vornüber auf den Tisch.

Allmählich lichtete sich der Nebel. Hämmerle stand an einem einsamen Sandstrand irgendwo in der Karibik. Das Wasser war azurblau und klar wie Glas. Draußen am Horizont brachen sich die Wellen am Korallenriff, das die flache Lagune vor den Angriffen des Meeres schützte. Aus dem Palmenhain sah er jetzt Fanny auf sich zukommen. Sie trug das Haar offen und das Tuch, das sie sich um die Hüf-

ten gebunden hatte, bauschte sich im Wind. Sie lachte, fiel ihm um den Hals und bedeckte sein Gesicht über und über mit Küssen. Er wunderte sich, wie feucht Fanny küsste ...
Friedrich Windel nahm von Scheven den Waschlappen aus der Hand. „Das kannst du lassen. Der wacht morgen früh schon von alleine auf." Er sah auf die Uhr. Es war kurz nach Mitternacht. „Komm, es ist schon spät. Lass' ihn doch pennen", raunte er seinem Freund Moritz von Scheven zu. „Ist ja ekelhaft, wie du den alten Fettsack betatschst." Er sah auf Hämmerle hinunter, der regungslos und halb entkleidet auf seinem Bett lag. Dann starrte er von Scheven an. „Hast du den etwa ausgezogen? Ich hab schon die ganze Zeit den Eindruck, du willst was von ihm. Wie du dich bei dem einschleimst, das ekelt mich an", zischte er. „Der kommt mir sowieso irgendwie komisch vor. Wie der schon aussieht. An irgendwen erinnert der mich. Außerdem hat er immer den gleichen Anzug an."
„Jetzt mach mal 'nen Punkt und reiß' dich zusammen", giftete von Scheven zurück. „Er ist unser Gast, und Gastfreundschaft ist Ehrensache. Das solltest du eigentlich wissen, wenn du bei uns was werden willst. Überhaupt: was kann ich dafür, wenn der Typ schlappmacht. So was hatten wir hier schon lange nicht mehr. Einer muss sich ja um ihn kümmern. Oder hätte ich ihn im großen Saal liegen lassen sollen?"
Windel packte von Scheven am Arm. „Hör mal, Moritz", sagte er mit belegter Stimme, „ich will doch nur nicht, dass du ..." Er brach ab und lief hinaus.

Das Schlosscafé auf dem Lorettoberg war eines der bevorzugten Ziele der Freiburger Toskana-Fraktion. An warmen

Abenden saß man auf der großen Terrasse mit weitem Blick auf die Maria-Hilf-Kirche und mümmelte Caesar Salat oder gegrillte Rotbarbenfilets auf Oliven-Tomaten-Sauce mit Blattspinat und Wildreistimbale. Allerdings nur zu begrenzten Öffnungszeiten. Um 22:00 Uhr schloss das Lokal. Den Grund dafür konnte man einer ausführlichen Dokumentation im Eingangsbereich entnehmen. Über zehn Jahre hatte die „Schlacht um die Nachtruhe auf dem Lorettoberg" getobt, wie die Badische Zeitung seinerzeit martialisch getitelt hatte. Jetzt war es früher Morgen und die von den Nachbarn so vehement eingeklagte Ruhe würde noch eine Weile anhalten, bevor die ersten Lieferanten in die gediegene Stille des Villenhügels eindringen würden. Im Wipfel der großen Eiche gegenüber der St. Joseph Kapelle hüpften zwei Eichhörnchen von Ast zu Ast, und die sandsteinernen Stationen des Kreuzwegs unterhalb der Kapelle lagen noch im Dunst, der von der Wiese aufstieg. Eine ältere Dame ließ dort unten gerade zu ungewohnt früher Stunde ihren Zwergpudel sein Häufchen machen. Die ganze Nacht über hatte das arme Tier unter Magenbeschwerden gelitten.

Jean-Marie Hämmerle lag oberhalb des Kreuzwegs auf einer Bank neben der großen Eiche und schnorchelte dem Tag entgegen. Überall um ihn herum brummte und summte es. Auch in der Stadt unten im Tal erwachte langsam der Tag. Von irgendwo her war leises Glockenläuten zu hören. Da riss ihn ein markerschütternder Schrei aus dem Schlaf.

„Hilfe!" kreischte die Dame mit dem Hund. „Da ist er wieder, der Schmutzfink. Hilfe!!! Hört mich denn keiner?"

Hämmerle schoss hoch. Entgeistert sah er sich um. Keine Ahnung, wie er hierher gekommen war. Doch was ihn noch

viel mehr beunruhigte, war die Alte mit dem Köter, die unten am Weg stand und hysterisch kreischte. Sie drohte mit ihrem Spazierstock in seine Richtung. Er drehte sich um, aber da war niemand. Offensichtlich meinte sie ihn. Ratlos starrte er die alte Dame an, die sich mit ihrem Hündchen in sicherer Entfernung aufgebaut hatte.
„Kann ich Ihnen irgendwie helfen?“ fragte er und stand auf.
Die Frau riss den Zwergpudel hoch und hielt dem völlig verängstigen Tier die Augen zu. „Ruhig, mein Liebling“, flüsterte sie ihrem Hund zu. „Der macht nix, der will nur spielen.“
Hämmerle machte einen Schritt auf die beiden zu.
„Bleiben Sie, wo Sie sind!“ schrie die Frau. „Hilfe! Polizei!!“
„Aber ...“ sagte Hämmerle. Dann sah er an sich hinunter. Nein, das konnte nicht wahr sein. Das war ein Traum. Das musste einfach ein Traum sein. Ein Alptraum, um genauer zu sein. Er war splitternackt.
„Hilfe! Polizei!“ schrie er ebenfalls.
Die Rettung nahte aus dem Schlosscafé. Aufgeschreckt von dem Lärm kam die russische Putzfrau aus dem Lokal gerannt. Mit einem Blick hatte sie die Situation erfasst. Nackte Männer waren auf dem Lorettoberg keine Seltenheit, seit sich immer mehr Freiburger mit dem bundesweit bekannten Nacktläufer solidarisierten. Sie lief zurück ins Lokal, holte eine große Tischdecke und streckte sie Hämmerle wortlos hin. Dabei musterte sie ihn von oben bis unten. Endlich mal ein richtiger Kerl, nicht immer nur diese dürren Jogger, dachte sie und ging mit wiegenden Hüften zurück ins Restaurant.
Hinter der Kapelle packte Friedrich Windel seine Kamera wieder ein und streckte sich. Es war alles nach Plan gelaufen.

Schade nur, dass man diesen Hämmerle so früh entdeckt hatte. Aber die Anstrengung, den Dicken mit der Sackkarre den Berg hoch zu schleppen und die Stunden in seinem Versteck hatten sich dennoch gelohnt. Er hatte jede Menge Fotos, die er einsetzten konnte, sollte ihm der Dicke noch einmal in die Quere kommen.

7. Das merkwürdige Verhalten geschlechtsreifer Südbadener

Mit einem Ratsch wurde der Reißverschluss des tarnfarbenen Ein-Mann-Zelts geöffnet. Kommissar Harry Stefan krabbelte fluchend durch die enge Öffnung seiner Behausung oberhalb der Badenia. Die dünne Isomatte, auf der er die Nacht verbracht hatte, schütze kaum vor dem harten Waldboden. Zu allem Überfluss war er gegen Morgen genau auf einer knorrigen Wurzel eingeschlafen, nachdem er fast die ganze Nacht das Verbindungshaus mit einem Nachtsichtgerät beobachtet hatte. Gegen die Kälte hatte er eine Flasche Fernet Branca mitgenommen, was wiederum zur Folge gehabt hatte, dass er auf seinem Beobachtungsposten immer wieder kurz eingenickt war. An richtigen Schlaf war allerdings nicht zu denken gewesen. Ständig hatten ihn das Gebrüll und die seltsamen Schlaggeräusche aus dem Verbindungshaus wieder hochschrecken lassen. „Ad eins - zwei - drei!“ Krawumm. Der sinnlose Lärm schien kein Ende nehmen zu wollen.

Nur mühsam kam der Kommissar auf die Beine. Er reckte und dehnte seine verspannten Glieder. Wieder war alles an ihm hängen geblieben. Seine badisch-hedonistischen Kollegen hatten wie üblich gekniffen, als er den Nachtdienst einteilen wollte. Sofort hatte er den Typen vom Betriebsrat am Hals gehabt, der ihm irgendwas von Dienstplänen und BAT erzählte.

Plötzlich stutzte er. Unten am Haus bewegte sich was. Schnell kroch er zurück ins Zelt und holte das Fernglas.

Tatsächlich. Eine seltsame Gestalt schlich durch den Garten

in Richtung Hintereingang. Stefan rieb sich die Augen und sah auf die Uhr. Kurz nach sechs. Er setzte das Glas erneut an. Hatte er vielleicht doch etwas zu viel Fernet gehabt, oder trug der Typ da unten wirklich eine Toga? Stefan schüttelte den Kopf. Die Gestalt im Garten machte seltsame Bewegungen, huschte von Busch zu Busch, ging auf die Knie, kam wieder hoch, umarmte einen Baum. Irgendwo hatte Stefan so was ähnliches schon mal gesehen. Es schien sich um eine Art rituellen Tanzes zu handeln, so wie in Papua-Neuguinea oder bei Fiat Lux. Leider konnte er den Typen aus der Entfernung nicht erkennen. Diese Verbindung wurde immer mysteriöser. Sollte es sich in Wirklichkeit bei der Badenia um eine getarnte heidnische Sekte handeln, die im Geheimen Menschenopfer vollzog? Die Umstände der Ermordung von Boris Hartmann ließen fast darauf schließen. Schließlich war Freiburg die Hauptstadt der Esoterik: locus occultus. Immerhin hatte ein gewisser Guru Baba Lama sogar behauptet, bei einem dritten, atomar geführten Weltkrieg wäre Freiburg die einzig sichere Stadt in Europa überhaupt. Auf magische Weise gefeit gegen Todesstrahlen aller Art.

Beim Gedanken an sein Berliner Revier mit den Bandenkriegen, den Drogenstrichern und der polnischen Zigarettenmafia schossen Harry Stefan die Tränen in die Augen. Er hätte einfach nicht auf Angela und ihr Geschwätz von der ruhigen Kugel in der badischen Provinz hören sollen. Zu allem Überfluss war seine politische Heimat, die alte Tante SPD, inzwischen in Freiburg weitgehend ins Abseits gerutscht. Die Analysen der letzten Europawahl hatten es vollends an den Tag gebracht: In Freiburg wählten alte Männer

CDU und junge Frauen Grün. Dazwischen gab es praktisch nichts mehr.
Die Gestalt machte sich nun an der Hintertür zu schaffen. Stefan beobachtete, wie sie die Tür öffnete und im Haus verschwand. Er grinste zufrieden. Da lief was, das spürte er. Diese Bande würde er sich packen.

Es dauerte Stunden bis sich Hämmerle einigermaßen von dem Schock erholt hatte. Zum Glück hatte ihn keiner der Bundesbrüder gesehen, als er sich zurück aufs Haus geschlichen hatte. Auf dem Weg zur Hintertür standen genügend Bäume und Büsche, die ihm als Tarnung dienen konnten. Zwar war ihm der Hausmeister auf dem Flur entgegen gekommen, doch Hämmerle hatte sich gerade noch hinter den hohen Eichenschrank drücken können, der neben der Tür zum Treppenhaus stand. Nun lag er in seinem Zimmer auf dem Bett und dachte nach. Flüchten oder Standhalten? Sein erster Impuls war Flucht. Doch dann packte ihn die Wut. Wer auch immer für die größte Blamage seines bisherigen Lebens verantwortlich war, würde dafür büßen, so viel war klar. Er würde das Schwein erwischen, das ihm diese Schmach angetan hatte. Überhaupt würde er die ganze Bande hinter Schloss und Riegel bringen. Bei Wasser und Bier. Und zwar Hektoliterweise. So langsam erwachte der alte Römer in ihm. Fugitivi periistis[10]. Er beschloss, zum Angriff überzugehen.
Am Abend brummte es in der Casa wie auf einer Corrida in Sevilla kurz vor dem Hauptkampf. Eine Reisegruppe aus der

[10] Fliehend seid ihr umgekommen

Freiburger Partnerstadt Matsuyama war am späten Nachmittag in das Lokal eingefallen. Nun ging es hoch her. Gerade versuchte einer der japanischen Gäste mit Hilfe eines Reisegenossen und unter dem Beifall der gesamten Gruppe den ausgestopften Stierkopf über der Treppe zu erklimmen, um sich als reitender Tolelo ablichten zu lassen. Nur mit Mühe konnte ihn Alt-OB Böhme, der sich mit der Betreuung japanischer Gäste ein Zubrot zu seiner Pension verdiente, von dem gewagten Vorhaben abbringen. Irgendwie erinnerte ihn der Stierkopf an seinen jungen Nachfolger. Der würde sich seine Hörner schon noch abstoßen.

Auch Dieter Pikulski hatte mit den Japanern alle Hände voll zu tun. Er kam mit der Sangria kaum nach.

Jean-Marie Hämmerle saß mit Fanny Duffner an einem kleinen Tisch neben der Treppe.

„... und dann hab ich denen mal gezeigt, was eine Harke ist", er klatschte in die Hände. „Salamander reiben, pah. Ich hab sie schlicht und einfach unter den Tisch getrunken." Er drehte das Glas mit dem Osborne in seinen Händen und versuchte, Fannys Blick auszuweichen. „Diese Waschlappen da oben", machte er weiter. „Man sollte sie nackt ausziehen und auf dem Lorettoberg aussetzen."

„Und dann die Japaner mit ihren Fotoapparaten vorbeischicken", setzte Fanny eins drauf.

Hämmerle lachte gekünstelt.

Fanny hob ihr Glas und prostete ihm zu. Widerwillig setzte er seinen Osborne an und tat so, als würde er trinken.

„Was ist denn mit deinem Hauptverdächtigen, diesem von Scheven? Bist du schon weiter gekommen?"

„Den seh' ich immer nur beim Saufen", antwortete Jean-Marie. „Da kannst du kein vernünftiges Gespräch führen. Da kriegst du das Glas ja nicht vom Mund. Und wenn er nicht beim Saufen ist, verschanzt er sich in seiner Bude. Aber jede Wette, von Scheven ist der Mörder. Er hat von der Karte gewusst. Und er hat das Zeug, sie zu entschlüsseln."
„Ach du Scheiße", Fanny verschwand plötzlich unter dem Tisch.
„Was ist denn mit dir los?" fragte Hämmerle.
Fannys Kopf tauchte zwischen seinen Beinen auf. „Jetzt guck bitte nicht hin", flüsterte sie. „Aber die Frau, die gerade reingekommen ist, das ist Angela Stefan, die Gattin von unserem Superbullen."
„Wo?" rief Hämmerle und drehte sich um.
„Mensch, ich hab gesagt, du sollst nicht hinsehen", zischte sie und biss ihn in den Oberschenkel.
„Au, spinnst du?" Hämmerle rieb sich die Bisswunde. „Wenn du die in dem roten Lederfummel meinst, kannst du wieder hochkommen. Sie hat sich gerade an die Theke gesetzt."
Inzwischen tanzten die Japaner Flamenco. Dieter Pikulski hatte die Sangria in Plastikkanistern zur Selbstbedienung frei gegeben, um sich um den neuen Gast kümmern zu können. Staunend beobachteten Fanny und Jean-Marie, wie sich Pikulski und Angela Stefan offenbar in Windeseile näher kamen. Dieter war schon immer auch ein Freund reiferer Frauen gewesen. Und Angela Stefan, das musste sogar Hämmerle zugeben, sah gar nicht schlecht aus. Eine gut erhaltene Endvierzigerin mit weizenblond gefärbtem Haar, aufgespritzten Lippen und Knackpopo. Ein Wunder, dass Harry Stefan

eine Frau wie sie abgekriegt hatte. Wahrscheinlich hatte er sie mit irgendwelchen dunklen Geschichten aus ihrer Vergangenheit erpresst und zur Ehe gezwungen.
„Meinst du, wir müssen Dieter warnen?“ fragte Hämmerle eifersüchtig. Eine Frau Stefan hätte er auch nicht von der Bettkante geschubst. „Der weiß doch gar nicht, mit wem er sich da einlässt.“
„Lass ihn mal“, grinste Fanny hinterhältig. „Man weiß nie, wozu so was gut ist. Außerdem: wenn Stefan Hörner aufkriegen soll, bin ich die letzte, die das verhindert.“

Langsam leerte sich das Lokal. Seit zwei Stunden hatte sich Angela Stefan nicht vom Tresen weg bewegt und gab alles. Auch Pikulski lief zur Hochform auf. Gerade zeigte er der Kommissarsgattin das neue Tattoo auf seinem rechten Schulterblatt. Fasziniert beobachteten Fanny und Hämmerle das merkwürdige Paarungsverhalten geschlechtsreifer Südbadener. Auch der Alt-OB sammelte seine Schäfchen ein und lotste sie zum Partywagen der VAG, wo sie auf der Stelle einschliefen. Von der anschließenden Rundfahrt zwischen Landwasser und Littenweiler bei Partymusik und Freiburger Pilsener bekamen sie so gut wie nichts mehr mit.
Hämmerle und Fanny hatten zusammen mit den Japanern das Lokal unauffällig verlassen. Pikulski war so sehr mit Angela Stefan beschäftigt, dass er von Hämmerle noch nicht mal die Zeche verlangt hatte.
Gemeinsam beobachteten sie von Jean-Maries Taxi aus den Eingang der Casa.
„Meinst du echt, die fängt mit Dieter was an?“ drängelte Hämmerle.

„Hör mal“, sagte Fanny. „Ich bin eine Frau, und ich weiß, wie Dieter arbeitet. Die Masche, die er immer abzieht, hat er schon in Lahr drauf gehabt. Die endet todsicher im Bett. Da kann die gar nichts dagegen machen.“

„Und was sagt Stefan, wenn seine Frau nicht nach Hause kommt?“

„Nichts.“

„Wie bitte?“ fragte Jean-Marie. Mit der Ehe des Kommissars schien es ja nicht zum Besten zu stehen. Kein Wunder, dass der Mann immer so schlecht drauf war.

„Der ist jetzt völlig durchgeknallt. Liegt in einem Ein-Mann-Zelt von der Bundeswehr irgendwo oberhalb der Badenia und lässt das Haus die ganze Nacht nicht aus den Augen“, kicherte Fanny. „Schon gestern Abend hat er da Posten bezogen.“

Hämmerle wurde blass. Lieber Gott, schickte er ein Stoßgebet nach oben, mach bitte, dass er mich nicht gesehen hat. „Und?“ fragte er obenhin. „Hat er was gesehen?“

„Er glaubt jetzt, dass es sich bei der Badenia um eine Art Sekte handelt. Er will heute Morgen irgendeinen Typen gesehen haben, der so ein weißes Tuch um hatte und seltsame rituelle Tänze aufgeführt hat.“

„Hat er irgendwas von mir gesagt?“ fragte Hämmerle und wischte sich unauffällig den Schweiß von der Stirn.

„Kein Wort. Aber du musst vorsichtig sein. Ich halte dich auf dem Laufenden. Wer weiß, was sich Stefan noch einfallen lässt.“

Genau in diesem Moment kamen Dieter und Angela Stefan eng umschlungen aus der Casa. Angela kicherte und schwenkte ihre hochhackigen Pumps in der Hand. Mitten auf der Adelhauser Straße blieben die beiden stehen und knutschten ausgiebig. Dann gingen sie in Richtung Salzstraße, in der Pikulskis Wohnung war.

8. Kapitel: Verlorene Siege

Am nächsten Morgen schlurfte Hämmerle gegen zehn über den Flur der Badenia in Richtung Küche. Gewohnheitshalber ging er an von Schevens Zimmer vorbei und klopfte vorsichtig. Keine Reaktion. Er drückte die Klinke hinunter. Doch die Tür war abgeschlossen. Langsam wurde Hämmerle ungeduldig. Es musste doch möglich sein, irgendwann mal für ein paar Minuten unbeobachtet in von Schevens Zimmer zu kommen.

Der Gesuchte saß in der Küche, wo er mit Windel frühstückte. Vor den beiden lag die aufgeschlagene Badische Zeitung auf dem Küchentisch.

„Na, gibt's was Neues?“ fragte Hämmerle mit Blick auf das örtliche Monopolblatt.

„Hier“, von Scheven knallte mit der flachen Hand auf das Blatt. „Die linke Kampfpresse nutzt die Gelegenheit und startet eine Hetzkampagne gegen uns.“

Hämmerle verdrehte den Hals. EINE MAUER DES SCHWEIGENS. DER MORDFALL BORIS HARTMANN UND DIE BADENIA, las er.

„Das ist wieder mal typisch!“ sagte er und bemühte sich, richtig sauer zu klingen. „Die wollen uns ans Leder. Und das bei unserer althergebrachten Tradition, ich meine ...“ er kam ins Schleudern.

„A propos Tradition, von Clausewitz“, Windel sah Hämmerle durchdringend an. „Wie haltet ihr es in Göttingen denn mit dem Schmollistrinken?“ Unter dem Tisch trat er von Scheven gegen das Schienbein.

„Ah, Schmollistrinken, ja, das ist so eine Sache", Hämmerle fummelte an der Kaffeemaschine herum. „Nun, wir trinken eben, das ist bei uns so Brauch."
„Morgen, die Herren!" Mit Schmackes kam Zitzewitz in diesem Augenblick in die Küche. „Kann ein kräftiges Frühstück gebrauchen. Habe gestern Abend Schmollis getrunken. Ratet mal mit wem ich jetzt per Du bin? Mit Professor Hagen Müller! Der hat mir Brüderschaft angeboten, da staunt ihr, was? Wahrscheinlich wegen seiner Tochter. Muss er ja schließlich an den Mann bringen. Dürfte nicht so einfach sein!" Er lachte meckernd und schenkte sich Kaffee ein.
„Seine Freundin wäre mir da lieber", grinste Krassfux Julian Kampen. Er stand am Herd und rührte in der Pfanne.
„Pass auf, was du sagst, Kampen", fuhr von Scheven ihn an. „Immerhin ist Professor Müller Alter Herr."
Kampen wurde puterrot.
„Na ja." Zitzewitz zuckte mit den Schultern. „Die Tochter sieht halt aus wie die Mutter. Da kann sie auch nichts für. Aber lassen wir das. Was soll denn unser Gast von uns denken, nicht wahr, Clausewitz?" Er drosch Hämmerle auf die Schulter.
„Apropos, Clausewitz, wo waren wir gleich stehen geblieben?" Windel sah Hämmerle fragend an. „Ah ja, beim Schmollistrinken. Also, wie haltet ihr's damit in Göttingen?"
„Wir machen's wie ihr, mit dem Du und so", Hämmerle atmete auf. „Und um das ganze zu besiegeln, küssen wir uns", fügte er entschlossen hinzu.
„Wie bitte?" fragte von Scheven laut. „Ihr küsst euch beim Schmollistrinken?"
„Natürlich nur auf die Wange." Hämmerle war etwas verwirrt. Eigentlich hatte er geglaubt, mit dem Küssen hier richtig zu

liegen. „Aber“, fuhr er hektisch fort, „ich muss jetzt los, ich bin sowie so schon zu spät. Treffe mich heute mit einem Kollegen.“

„Ach ja“, sagte Windel, „mit wem denn?“

Aber Hämmerle war schon zur Tür hinaus.

„Seltsamer Typ“, sagte von Scheven nachdenklich.

„Sag’ ich doch“, Windel goss ihm Kaffee nach. „Beim Schmollistrinken küssen. Das machen doch bestenfalls Pennäler. Mit dem stimmt irgendwas nicht. Der hat doch überhaupt keine Ahnung. Wenn ich bloß drauf kommen würde, an wen der mich erinnert“, sagte er nachdenklich. „Vielleicht sollten wir einfach mal in Göttingen bei der Suevia anrufen und uns nach ihm erkundigen.“

„Auf gar keinen Fall“, wehrte Zitzewitz ab. „Wie sieht das denn aus? Womöglich blamieren wir uns bis auf die Knochen. Misstrauen einem befreundeten Corps gegenüber!“

„Ganz deiner Meinung, Zitzewitz“, schaltete sich von Scheven ein. „Aber Windel hat schon recht. Dieser Clausewitz ist ausgesprochen seltsam. Kein typischer Sueve, wenn du mich fragst. Wir sollten ihm schon mal auf den Zahn fühlen. Vielleicht hat ihn ja auch die Concordia zum Spionieren geschickt, da würde er hinpassen.“ Die drei grölten.

„Aber“, fuhr von Scheven fort, „kein Wort nach draußen. Das kriegen wir selbst ‘raus.“

„Und wie willst du das machen?“ fragte Windel.

Von Scheven grinste. „Ganz einfach. Den werde ich höchstpersönlich examinieren. Und zwar heute Abend auf dem Paukboden.“

Das war knapp, dachte Hämmerle, als er eilig die Treppe zum Haupteingang nahm. Schmollistrinken! Wie sollte man denn so etwas kennen?
Als er durch die große Flügeltür in den Windfang trat, blieb ihm für eine Sekunde das Herz stehen. Hinter der bunten Jugendstilscheibe der Eingangstür erschien das Gesicht von Harry Stefan, der gerade im Begriff war, zu läuten. Neben ihm stand Fanny. Hämmerle machte auf dem Absatz kehrt und stieß gegen Karl Keller.
„Da hat's aber einer eilig", sagte der Hausmeister.
„Hab' was vergessen", murmelte Hämmerle und lief über den Flur zum Hinterausgang. Keller sah ihm spöttisch hinterher.

Im großen Saal hatte Harry Stefan sein provisorisches Büro aufgeschlagen. Er hatte tiefe Augenringe und der Rücken tat ihm höllisch weh. Die zweite Nacht im Zelt hatte ihm noch mehr zugesetzt als die erste. Außerdem war er sauer auf Angela. Den ganzen Morgen hatte er die Duffner bei ihr anrufen lassen, aber Angela war einfach nicht ans Telefon gegangen. Wahrscheinlich war sie beleidigt, weil er die Nächte nicht bei ihr verbrachte. Aber damit musste eine Polizistenfrau leben.
„Mit wem wollen wir anfangen?" fragte er Fanny, die im Großen Saal neben ihm saß und auf ihren Laptop sah.
Fanny zuckte mit den Schultern. Das war mal wieder eine typische Harry-Stefan-Aktion. Dezentrale Verhörmethode nannte er das. Die Verdächtigen dort vernehmen, wo sie sich sicher fühlen. Und sie dann in dieser vermeintlichen Sicherheit in Widersprüche verwickeln und schließlich zupacken.

Meist klappte es nicht.
„Wir fangen mit dem Chef an. Der Fisch stinkt vom Kopf her, wie wir in Berlin sagen. Holen Sie doch mal diesen von Scheven."
Auf von Scheven folgte Zitzewitz, dann kamen von Stark, Windel, Kampen und all die anderen. Aber sie sagten alle das Gleiche. Ja, die Lebensmittel stammten aus ihrem Kühlschrank. Nein, es war nicht eingebrochen worden. Nein, sie hatten keine Ahnung, wie die Sachen an den Tatort gekommen waren, aber Boris Hartmann hatte natürlich jederzeit an den Kühlschrank gehen können. Und nein, ihr Krassfux hatte keine Feinde. Ja, er war ein famoser Kerl gewesen. Ganz famos sogar. Ein Gewinn für die Badenia.
Es war zum Verzweifeln.
Am Abend tauchte Fanny völlig fertig in der Casa auf.
„Mensch, warum hast du mir nicht Bescheid gesagt, dass Stefan in die Badenia kommt." Hämmerle lehnte am Tresen und war richtig sauer. „Ich wäre euch quasi fast in die Arme gelaufen."
„Ich konnte nicht", sagte Fanny. „Ich musste den ganzen Morgen lang versuchen, Stefans Frau zu erreichen. Der ist mir nicht von der Seite gewichen. Aber Frau Stefan war ja nicht zu Hause, gell Dieter?"
„Wieso?" Atze sah von einem zum andern. Er pickte mit seiner Gabel ein Stück Pulpo auf. Der Hunger hatte ihn trotz seiner Angst vor Boris Hartmanns Mörder schließlich aus Hämmerles Wohnung in die Casa getrieben. Aber was er hier vorgesetzt bekam, grenzte auch an Mord, fand er, zumindest an schwere Körperverletzung.
„Frau Stefan? Was habe ich denn mit Frau Stefan zu tun?" Dieter wischte Hämmerles Mayonnaiseflecken vom Tresen.

„Du wirst noch mal platzen“, sagte er.
„Jetzt tu doch nicht so scheinheilig“, sagte Hämmerle spitz. „Das hätte ich nicht von dir gedacht. Aber du kennst ja keine Scham.“
Pikulski tippte sich an die Stirn.
„Sag mal“, schaltete sich Fanny ein. „Weißt du wirklich nicht, mit wem du gestern Nacht das Bettchen geteilt hast?“
„Natürlich weiß ich das“, Pikulski war jetzt richtig empört. „Sie heißt Angie und ist Avon-Beraterin.“
„Und heißt mit Nachnamen Stefan und ist die Frau von Kommissar Harry Stefan“, platzte Hämmerle heraus.
„Boh“, sagte Atze.
Vor Schreck ließ Pikulski das Glas fallen, das er gerade abtrocknete. „Scheiße, stimmt das, Fanny?“
Fanny nickte.
„Um Gottes Willen“, stammelte Dieter. „Das fehlt mir gerade noch. Und heut' Abend will sie schon wieder hier herkommen.“
Er warf das Geschirrtuch ins Spülbecken und riss sich die weiße Bistro-Schürze von den Hüften. „Ich hau' ab.“
„Moment mal“, Jean-Marie hielt ihn am Arm fest. „Wer weiß, wozu das gut ist. An der Dame bleibst du dran. Wahrscheinlich ist sie in alles eingeweiht, was Stefan tut. Schließlich ist sie seine Frau. Und wenn du ein bisschen nett zu ihr bist, erfährst du vielleicht, wie weit Stefan mit seinen Ermittlungen in der Badenia wirklich ist. Du wirst ja wissen, wie man so was macht. Außerdem bist Du mir noch mindestens einen Gefallen schuldig.“
„Du spinnst wohl, ich hab keine Lust auf Ärger mit der Polizei.“

„Oooch, Dieter", Fanny sah ihren Jugendfreund mit großen Kulleraugen an. „Oooch bitte. Das wäre toll. Dieser Stefan ist ein fürchterlicher Geheimniskrämer. Der lässt seine Kollegen am langen Arm verhungern, nur damit er hinterher als der Superbulle da steht. Wenn wir wissen, was er vorhat, können wir schneller sein als er. Und ich werde endlich befördert. Und das verdanke ich dann dir." Fanny gab Pikulski einen Kuss auf die Wange.

„Au ja", Atze war Feuer und Flamme und hielt Fanny seine Backe hin.

„Und wenn er was 'rauskriegt? Was mache ich dann?" fragte Dieter.

„Wie soll der was erfahren? Der ist doch so mit dem Fall beschäftigt", erwiderte Fanny.

„Vielleicht kommt sie ja auch gar nicht", sagte Dieter lasch.

„Denkst du", sagte Fanny und verschwand blitzschnell in der Küche.

Pikulski sah zur Tür. Im schwarzen Ledermini betrat Angie Stefan die Bühne der Casa und lächelte ihn an. Das weizenblonde Haar vom Vortag war jetzt pechschwarz.

„Na dann viel Spaß", Hämmerle wuchtete sich vom Barhocker. „Ich muss jetzt los. Bei uns ist heut' Abend mal wieder Kneipe. Ganz ohne Frauen."

Silbern stand der Mond über dem Lorettoberg. Es war Mitternacht und obwohl das Schlosscafé schon seit zwei Stunden geschlossen hatte, war, wie so oft, immer noch keine Ruhe eingekehrt. In der Badenia ging es hoch her. Durch die geöffneten Fenster schallten Trinklieder nach draußen und raubten der Nachbarschaft den wohlverdienten Schlaf.

Zum x-ten Male grölte die Corona ihr Verbandslied „Ob drohend die Wolken auch hangen“ in den klaren Nachthimmel hinaus.
Harry Stefan bekam von all dem nichts mit. Er verbrachte nun bereits die dritte Nacht im Zelt oberhalb des Verbindungshauses und war dem Kampf gegen den Schlaf erlegen. Das war nach zwei Flaschen Fernet Branca auch kein Wunder. Während er friedlich vor sich hin schnorchelte, erlebte Dieter Pikulski sein persönliches Waterloo. Er hatte die Casa weit vor der eigentlichen Sperrstunde zum großen Missfallen der Stammgäste dicht gemacht und sich mit der Frau des Kommissars in die Salzstraße zurückgezogen. Doch die Angst vor der Polizei hatte empfindliche Folgen für Dieters Selbstbewusstsein. Das Schäferstündchen hatte einen völlig anderen Verlauf genommen als es bei ihm üblicherweise der Fall war. Was noch niemand geschafft hatte, war Harry Stefan gelungen. Und obwohl Angie Stefan alles aufbot, was sie aufzubieten hatte, musste Dieter schließlich kapitulieren.
„Das ist mir noch nie passiert“, murmelte er und wischte sich verstohlen eine Träne aus dem Auge. „Das muss am Vollmond liegen.“

„Mein Herren“, Jean-Marie Hämmerle erhob sich leicht schwankend und sah mit glasigen Augen in die Runde des großen Saals der Badenia. Die Kneipe ging ihrem Ende entgegen. Nur noch wenige Bundesbrüder konnten sich aufrecht halten. „Meine Herren“, wiederholte Hämmerle in Richtung Windel und von Scheven, „glaube, mich empfehlen zu müssen. Morgen ist schließlich auch noch ein Tag!“ er lachte scheppernd und hielt sich an der Tischkante fest.

„Was denn, was denn, von Clausewitz. Du wirst doch nicht schlappmachen? Ihr in Göttingen“, Windel zwinkerte von Scheven vielsagend zu, „habt wohl gar kein Stehvermögen? Da kenn’ ich andere aus der Suevia. Hoffmann zum Beispiel oder Willemstedt. Die kennst du doch auch, oder? Müssten dein Jahrgang sein.“

„Genau“, sagte Hämmerle. „Hoffmann und Willemstedt. Ich will dann mal.“

„Lass uns noch einen Schluck auf die beiden nehmen.“ Windel streckte Hämmerle den Bierkrug hin.

„Nein, nein, wie schon gesagt, muss morgen früh ‘raus“, wehrte Hämmerle ab.

„Von Clausewitz, von Clausewitz“, von Scheven schüttelte den Kopf. „Wenn ihr in Göttingen so fechtet, wie ihr trinkt, geht bei euch die Mensur wohl nur über zwei Gänge. Wo ist überhaupt dein Schmiss?“

„Habe alle Pflichtpartien unverletzt überstanden“, Hämmerle rülpste.

„Na prima“, von Scheven strahlte ihn an. „Dann hast du ja sicher nichts dagegen, wenn wir auch hier mal eine kleine Mensur fechten.“

„Ich hab in den nächsten Tagen leider überhaupt keine Zeit.“ Hämmerle hob abwehrend die Hände. „Ihr wisst, meine Forschungen.“

„Wer redet von den nächsten Tagen?“ von Scheven stand auf. „Was du heute kannst besorgen, das verschiebe nicht auf Morgen, nicht wahr, von Clausewitz? Hic Rhodos, hic salta[11]!“

---

[11] Hier ist Rhodos, hier springe. Übertragen: Zeig’ was du kannst.

Zehn Minuten später stand Jean-Marie Hämmerle auf dem Paukboden der Badenia und traute seinen Augen nicht. Wo war er hier nur hingeraten? Er blinzelte. War er betrunken oder sah es hier tatsächlich aus wie in einen mittelalterlichen Folterkeller? An den Wänden hingen seltsame Instrumente, Kettenhemden, riesige Handschuhe und Gerätschaften, die entfernt an Gesichtsmasken aus „Der Herr der Ringe" erinnerten. Mitten im Raum ein Pfahl, dem man vor langer Zeit einmal ein Gesicht aufgemalt hatte, das jetzt aber völlig zerhackt war. Über der Tür hing ein Paar gekreuzter Schwerter, darunter das Wappen der Badenia. Verstohlen sah Jean-Marie sich nach Blutspuren auf dem Fußboden um, aber alles war sauber gewischt.

„Na, dann wollen wir mal sehen, ob was passt!" Von Scheven hielt Hämmerle ein riesiges Kettenhemd hin.

„Könnte gehen."

Mühsam zwängte sich Hämmerle in das schwere Schutzkleid. Kurz darauf stand er in voller Fechtmontur mit Tiefschutz, Halsbandage, Armschutz und Mensurhandschuh da. Inzwischen waren die verbliebenen und noch stehfähigen Bundesbrüder auf den Paukboden gekommen, um das Spektakel zu dieser ungewöhnlichen Stunde mit zu erleben. Hämmerle sah in die Runde. Überall spöttische Gesichter. Für eine Sekunde dachte er daran, theatralisch in Ohnmacht zu fallen. Aber dann siegte seine Kämpfernatur. Diesen grünen Jungs würde er es zeigen. Schließlich hatte er in seiner Jugend jeden Errol-Flynn-Film gesehen. Er wusste also, worum es beim Fechten ging.

Auch von Scheven hatte mittlerweile seine Schutzkleidung angelegt.

„Die Regeln sind klar“, sagte er zu Hämmerle. „Bist du mit dreißig Gängen über fünf Hiebe einverstanden?“ Hämmerle nickte nur.

„Wer soll dein Sekundant sein?“ fragte von Scheven.

Hämmerle machte eine wegwerfende Handbewegung. „Brauche ich nicht“, sagte er.

Von Scheven zog die Augenbrauen hoch. „Ungewöhnlich. Aber gut. Wenn ihr das in“, er sah kurz zu Windel hinüber, „Göttingen so macht, dann soll es uns in Freiburg nur recht sein. Hier!“

Er warf ihm den Gesichtsschutz zu. Hämmerle klemmte sich das Ding auf die Nase und nahm den Säbel, der nach dem Fechtkomment „Schläger“ genannt wurde, von Windel entgegen.

„Dann wollen wir mal“, rief er und begann, auf den Zehenspitzen herum zu tänzeln. Dabei fuchtelte er mit dem Schläger in der Luft herum. Ein Raunen ging durchs Publikum. Sprachlos starrte ihn von Scheven an. Er bewegte sich nicht von der Stelle und hielt den linken Arm auf den Rücken, ganz wie es der Paukkomment erforderte. Das wiederum gab Hämmerle Oberwasser.

„Was ist, von Scheven, traust du dich etwa nicht?“ Er versetzte dem fassungslosen von Scheven einen Hieb gegen das Kettenhemd. Diesen Streich hatte er in „Der Herr der sieben Meere“ gesehen. Damals hatte Errol Flynn mit seinen Fechtkünsten eine ganze Horde Piraten in die Flucht geschlagen.

„Eins zu Null für mich!“ Angesichts des fehlenden Widerstands war Hämmerle nun nicht mehr zu bremsen. Geschickt wich er einem laschen Hieb aus, den der immer noch auf seiner Stelle stehende von Scheven gegen ihn führte.

„Aha, du Wicht! Geht es jetzt los! Das wirst du mir büßen!“ Mit einem Satz war Hämmerle auf dem Tisch, der neben der Tür an der Wand stand. „Komm doch!“ rief er. Er fuchtelte wild mit dem Säbel herum und sprang von oben auf von Scheven zu. Dem platzte der Kragen. Von diesem von Clausewitz hatte er sich lange genug verarschen lassen. Er ging in die Offensive. Sollte der Komment Komment bleiben. Hier ging es um die Ehre. Er stürzte auf Hämmerle zu und drosch mit wütenden Hieben auf ihn ein. Klirrend krachten die Klingen aufeinander. Mit weit aufgerissenen Augen verfolgten die Bundesbrüder das wilde Geschehen. So eine Mensur hatten sie noch nie erlebt. Hämmerle keuchte und trieb mit einer Rechts-links-links-Kombination von Scheven quer durch den Raum.
„Du feiges Schwein“, schrie der. „Für eine richtige Mensur fehlt dir wohl der Mumm!“
„Pah, komm doch, wenn du was willst!“
Ein Gegenschlag von Schevens ließ Hämmerle zurückweichen. Leider hatte er nicht an den Holzpfahl gedacht, der mitten im Raum stand. Krachend knallte er rückwärts gegen das Hindernis. Das war von Schevens Chance. Er holte – ganz gegen den Komment – zu einem wütenden Hieb aus. Im letzten Moment konnte sich Hämmerle ducken. Haarscharf über seinem Kopf blieb von Schevens Säbelklinge im splitternden Holz stecken. Hämmerle zögerte keine Sekunde. Er verpasste von Scheven einen prachtvollen Schmiss auf der Stirn. Das Blut spritzte. Applaus brandete auf. Hämmerle deutete eine Verbeugung an.
„Grrr!“ machte von Scheven und stürzte sich auf Hämmerle. Bevor ihn seine Bundesbrüder zurückhalten konnten, hatte er Hämmerle mit einem mächtigen Fausthieb k.o. geschlagen.

9. Knock out am Lorettoberg

Weiß.
Überall weiß.
Und dann dieses Brummen im Kopf.
„Dr. von Clausewitz? Hallo, Sind Sie wach? Hallo, Dr. von Clausewitz!"
Irgendwer rüttelte an Hämmerles Schulter. Was wollten die? Und wo war er? Und wer war dieser Clausewitz, von dem hier dauern geredet wurde? Vorsichtig schlug er die Augen auf. Der Schreck war unbeschreiblich. Er schrie aus Leibeskräften. Es stimmte also. Im Himmel gab es tatsächlich Nonnen. Oder war es die Hölle? Auf jeden Fall war er tot, das war sicher.
„Dr. von Clausewitz, beruhigen Sie sich. Es ist alles gut. Sie sind hier in guten Händen." Schwester Aquinata vom Loretto-Krankenhaus drückte den Patienten wieder in seine Kissen zurück.
„Wo bin ich?" fragte Hämmerle mit Panik in der Stimme.
„In der Klinik. Man hat Sie vor ein paar Stunden hierhergebracht", erwiderte die Nonne. „Sie hatten einen Unfall. Ihre Freunde waren in großer Sorge. Aber zum Glück ist die Badenia ja nur ein paar hundert Meter weit. Wir konnten Sie sofort untersuchen. Gott sei Dank haben Sie keine Gehirnerschütterung. Wir haben Sie nur vorsichtshalber zur Beobachtung hier behalten. Mit solchen Treppenstürzen ist nicht zu spaßen. Vor allem, wenn man getrunken hat!" fügte sie tadelnd hinzu.
Langsam setzte bei Hämmerle die Erinnerung wieder ein. Von wegen Sturz von der Treppe. Das hatten die sich schön

ausgedacht. Von Scheven hatte ihn niedergeschlagen. Das war das letzte, woran er sich erinnerte. Und dann hatten ihn die Brüder ins Krankenhaus geschleppt, weil ihnen wahrscheinlich der Arsch auf Grundeis gegangen war. Soviel zum Thema Ehre. Von Fairness ganz zu schweigen. Dass eine Mensur mit Fäusten ausgetragen wurde, kam sogar Hämmerle suspekt vor. Aber diesen Herrschaften, vor allem diesem von Scheven, würde er es zeigen. Er dachte gar nicht daran, aufzugeben, erst recht nicht nach den Erfahrungen der letzten Nacht. Schließlich hatte er seinerzeit bei der Schlacht ums Dreisameck so manchem Wasserwerfer getrotzt. Was waren da ein paar grüne Bubis aus der Verbindung? Überhaupt: hatten ihm die Burschenschaftler nicht sogar Beifall geklatscht, als er von Scheven mit einem Säbelhieb eine ordentliche Schramme verpasst hatte?

„Das beste ist, Sie schlafen noch ein wenig", unterbrach Schwester Aquinata Hämmerles Gedankengang. „In ein paar Stunden können wir Sie dann getrost entlassen."

Wenn das so war! Jean-Marie drehte sich grunzend auf die Seite und innerhalb weniger Sekunden war er eingeschlafen.

Es war kurz vor neun, als Hämmerle auf das Verbindungshaus zurückkehrte. Im Flur lief ihm Karl Keller über den Weg. Im Vorbeigehen klopfte ihm der Hausmeister wortlos auf die Schulter. Die Ereignisse der vergangenen Nacht hatten sich also schon herumgesprochen. Auf dem Schreibtisch in seinem Zimmer stand ein großer Strauß roter Rosen. Daneben eine Karte. Darauf stand: Beste Genesungswünsche! Zitzewitz. PS Bravo!

Hämmerle lief knallrot an. Vielleicht waren die Jungs ja doch nicht so schlecht. Er ging zum Spiegel und besah sich die enorme Beule auf der Stirn, die er bei der „Mensur" davon getragen hatte. Dieser von Scheven war ein Choleriker, das stand fest. Und in der vergangenen Nacht hatte er gezeigt, wozu er fähig war. Es war nur noch eine Frage der Zeit, bis von Scheven als Mörder von Boris Hartmann überführt sein würde. Leise schlich Jean-Marie über den Etagenflur. Vor von Schevens Tür machte er Halt und lauschte angestrengt, aber es war nichts zu hören, nicht mal das übliche Gehacke auf dem Computer. Er klopfte. Stille. Jean-Marie drückte langsam die Klinke. Zu seiner großen Überraschung war die Tür nicht abgeschlossen. Vorsichtig lugte er ins Zimmer. Dort herrschte das blanke Chaos. Herausgezogene Schubladen, ein umgeworfener Stuhl, der Boden bedeckt mit Papieren und Kleidungsstücken. Und mitten drin lag Moritz von Scheven auf dem Bett und starrte mit leeren Augen an die Decke. Kein Zweifel. Der Senior der Aktivitas der Badenia war tot. In seiner Brust steckte ein großes Küchenmesser.

Zu spät bemerkte Hämmerle, dass er nicht allein im Zimmer war. Aus den Augenwinkeln sah er gerade noch einen Schatten, dann wurde es abermals dunkel um ihn.

Jean-Marie hatte keine Ahnung, wie viel Zeit vergangen war, als er wieder zu sich kam. Er betastete ächzend die neue Beule am Hinterkopf und hob den Kopf. Er lag neben von Schevens Schreibtisch, der vor dem Fenster stand. Sein Blick fiel auf das Bett. Ach du Scheiße, schoss es ihm durch den Kopf. Da lag der tote von Scheven und er direkt daneben. Und überall war Blut. Vorsichtig drehte er sich auf den Rücken. Im Drehen fiel sein Blick auf einen braunen Klebstreifen unter von Schevens Schreibtischplatte. Er rich-

tete sich auf und sah näher hin. Kein Zweifel: Da war ein kleines Päckchen befestigt.
Wenig später drehte Hämmerle nachdenklich einen Schlüssel in der Hand. Klar, dachte er, so musste es gewesen sein. Der Schlüssel war der Grund dafür, dass das Zimmer durchsucht worden war. Von Scheven hatte den Eindringling entdeckt und dafür mit dem Leben bezahlt. Er sah zu dem toten Senior hinüber. Das hatte er ihm nun doch nicht gewünscht. Dann atmete er tief durch und steckte er den Schlüssel in die Seitentasche seiner Anzugweste. In diesem Augenblick ging die Tür auf.
„Moritz, dein Frühstück." flötete Julian Kampen. „Aber was ...!!??" Der Kraßfux ließ das Tablett fallen und starrte von dem toten von Scheven zu Hämmerle und wieder zurück. „Hiiilfe! Mörder!" schrie er und rannte davon.
Scheiße, dachte Hämmerle. Jetzt hatte ihn womöglich Harry Stefan am Wickel.

Der Kommissar war mit den Nerven am Ende. Als er am Morgen nach einer weiteren unbequemen Nacht im Zelt zu ungewöhnlich früher Stunde zum Duschen nach Hause gefahren war, fehlte von seiner Frau jede Spur. Und nicht nur das, auch ihr Bett war in dieser Nacht nicht benutzt worden. Hatte er doch recht gehabt. Jedes Mal, wenn Angela sich die Haare färbte, war irgendein Kerl im Spiel. Na warte, dachte er. Aber das war nichts gegen die Prüfung, die ihm gerade in seinem Büro gegenüber saß. Seit er in dieser gottverdammten Stadt Dienst schob, lief ihm ständig dieser Fettwanst Hämmerle über den Weg. Wenn er nur an diese linke Bazille dachte, kam es ihm schon hoch. Nicht genug, dass er ihm bei seinen Ermittlungen ständig in die Quere kam. Für Stefan verkörperte Hämmerle alles, was er an dieser Stadt hasste: ihr selbstgefälliges Bildungsbürgertum, das sich für den Nabel der Welt hielt und doch keine Ahnung davon hatte, wie es in der Welt wirklich zuging. Ihre politisch korrekten Gutmenschen, mit denen man noch nicht mal reden konnte, wie einem der Schnabel gewachsen war. In der man eine wissenschaftliche Ausbildung brauchte, um den Müll vorschriftsmäßig entsorgen zu können. Und seit der letzten Kommunalwahl gab es zum Mülltrennen sogar eine Kulturliste im Gemeinderat. Das musste man sich als normaler Mensch mal vorstellen!

Stefan nahm die schwere Hornbrille ab und rieb sich die tränenden Augen. Müde sah er Hämmerle an. Der Mann hatte sich verändert. Er war nun im Dreiteiler unterwegs. Was das wohl wieder zu bedeuten hatte? Aber neuerdings trugen in Freiburg selbst eingefleischte Kappenträger keine Kopfbedeckung mehr.

„Na, Hämmerle, so sieht man sich wieder. Diesmal sitzen Sie aber knietief in der Scheiße, sozusagen, was?"

„Wieso?" fragte Hämmerle.

„Wieso?" Stefan lehnte sich zurück. „Sind Sie wirklich so blöd, Mann? Man hat Sie direkt neben einer Leiche erwischt."

„Ich hab Freunde besucht. Ist das vielleicht verboten?" trumpfte Hämmerle auf.

„An Ihrer Stelle", Stefan zielte mit seinem Zeigefinger auf Hämmerle Nase, „wäre ich etwas zurückhaltender. Kaum tauchen Sie auf, passiert ein Mord. Und nicht genug, man findet Sie neben der Leiche. Und auch damit noch nicht genug. Es ist bereits der zweite Mord in der Badenia. Schöne Freunde haben Sie, das muss man schon sagen.“ Stefan beugte sich vor. Mühsam beherrschte er seine Stimme. „Und nun erzählen Sie mal in aller Ruhe und ganz von Anfang an, was Sie in dieser Verbindung zu suchen haben, wer Ihre Freunde sind und WARUM SIE MORITZ VON SCHEVEN UMGEBRACHT HABEN???“ Die letzten Worte hatte Stefan gebrüllt. Schwer atmend sackte er in seinem Stuhl zusammen.

Hämmerle hatte Stefan mit wachsendem Staunen zugehört. Der Mann war krank, soviel stand fest. Er griff in seine Westentasche, um seinen Flachmann hervorzuziehen, den er für Notfälle immer bei sich trug.

„Halt!“ brüllte Stefan. „Legen Sie die Hände auf den Tisch!“

„Aber ich will doch nur ...“ entgegnete Hämmerle.

Stefan zog die Dienstwaffe aus dem Holster und sprang auf. Dann lief er um den Tisch und griff in Hämmerles Tasche. Als er das kleine silberne Fläschchen herauszog, entspannte er deutlich. Er legte die P2000 auf den Tisch, drehte den Schraubverschluss auf und schnupperte.

„Ist das der, den Sie selbst machen?“

Hämmerle nickte.

Das einzig Positive an diesem Hämmerle war sein selbstgebrannter Schnaps. Den kannte er bereits. Er setzte an und nahm einen tiefen Schluck.

„So Hämmerle“, er wischte sich über die Lippen. „Jetzt wollen wir mal. Also von vorn: Warum haben Sie diesen von Scheven umgebracht?“

„Ich war's nicht, das können Sie nachprüfen. Ich war in der letzten Nacht im Krankenhaus.“ Er befummelte seine Beule.

„Wo haben Sie denn die Verletzung her?“ fragte Stefan.
„Na, vom Fechten. Ich hab mit von Scheven gestern Abend eine Mensur ausgefochten.“
„Hä?“
„Sie müssen sich das vorstellen wie bei Errol Flynn.“ Hämmerle sprang auf und hieb mit einem unsichtbaren Säbel ein wenig in der Luft herum. „Wie in ‚Der Herr der sieben Meere‘“.
Das gab Stefan den Rest. Wortlos stand er auf und verließ den Raum. Wozu hatte er eine Assistentin!
„Frau Duffner!“ schrie er über den Flur. „Arbeit!!!“

„Gott sei Dank. Du glaubst nicht, wie froh ich bin, dich zu sehen.“ Hämmerle drückte Fanny wenig später einen dicken Kuss auf die Wange. „Der war vielleicht drauf. Der denkt, ich hätte von Scheven umgebracht.“
„Jetzt sind wir wieder ganz am Anfang“, sagte Fanny und setzte sich Hämmerle gegenüber an den Tisch. „Unser Hauptverdächtiger ist tot, der Schatz ist immer noch verschwunden. Wir haben keinen Beweis, dass von Scheven Boris Hartmann umgebracht hat. Und vor allem: wir haben keine Ahnung, wer von Scheven erstochen hat. Es sei denn, du warst es. Ich habe gehört, es hat heute Nacht eine kleine Auseinandersetzung zwischen von Scheven und einem Herrn Dr. von Clausewitz gegeben.“ Sie grinste. „Angeblich ist dieser von Clausewitz ein Gast der Badenia, so hat man zumindest Stefan erzählt. Er ist schon ganz scharf drauf, ihn als Zeugen zu vernehmen. Doch der Herr Doktor ist zurzeit nicht erreichbar.“ Sie kicherte. „Aber jetzt erzähl mal, was eigentlich passiert ist.“

„Also“, begann Hämmerle. „Letzte Nacht ...“
Und dann erzählte er Fanny von dem Abend auf dem Haus, dem Kampf auf dem Paukboden, von dem Schmiss, den er von Scheven verpasst und von dem Beifall, den er dafür bekommen hatte, und schließlich von Schevens unehrenhafter Faustattacke, die ihn zu Boden geschickt hatte.
„Und dann bin ich erst im Krankenhaus wieder aufgewacht.“
„Na wunderbar“, sagte Fanny, „dann hast du ja ein Alibi. Von Scheven ist gegen drei Uhr erstochen worden, sagt der Pathologe. Wenn du in dieser Zeit im Krankenhaus warst, kannst du es ja wohl nicht gewesen sein. Das muss sogar Stefan einleuchten.“
„Aber wenn von Scheven um drei ermordet worden ist, von wem wurde ich dann heute Morgen niedergeschlagen?“ fragte Hämmerle.
Fanny zuckte mit den Schultern. „Wahrscheinlich ist der Mörder zurückgekommen, weil er in der Nacht nicht gefunden hat, was er suchte. Vielleicht ist er ja auch gestört worden.“
„Auf jeden Fall“, machte Hämmerle weiter, „wollte ich mich heute früh in von Schevens Zimmer ein bisschen umsehen. Ausnahmsweise war die Tür offen. Dann wurde es schwarz und als ich wieder zu mir kam, habe ich das hier gefunden. Unter der Schreibtischplatte.“ Hämmerle legte den Schlüssel auf den Tisch. „Ich bin sicher, danach hat der Mörder gesucht. Und ich bin ihm in die Quere gekommen.“ Hämmerle befummelte seinen Hinterkopf. „Kannst du irgendwie ‘rausfinden, wo der Schlüssel hingehört?“
Fanny drehte den Schlüssel in den Händen. „Sieht aus, als gehöre er zu einem Schließfach.“

„Bingo", sagte Hämmerle und haute mit der flachen Hand auf den Tisch. „Ich wette mit dir, da finden wir den Schatz."
„Ich kümmere mich drum." Fanny steckte den Schlüssel ein.

Harry Stefan war neben der offenen Fernet Flasche am Schreibtisch eingeschlafen. Die Brille war ihm von der Nase gerutscht, und er schnarchte so laut, dass Fanny sich erst gar nicht die Mühe machte, anzuklopfen. Sie knallte Hämmerles Vernehmungsprotokoll mit Schmackes auf den Schreibtisch.
Harry Stefan schreckte hoch.
„Ihr Hämmerle ist unschuldig", sagte sie, „ich habe ihn nach Hause geschickt."
„Wie bitte?" Harry Stefan war noch etwas benommen. Er tastete auf dem Schreibtisch nach seiner Kassenbrille.
„Hat ein hieb- und stichfestes Alibi", erklärte Fanny. „Er hat die ganze Nacht im Loretto-Krankenhaus gelegen. Ich habe der Schwester ein Foto gezeigt. Da beißt keine Maus den Faden ab. Er kann es nicht gewesen sein."
„Und was jetzt?" bellte Stefan. Er hatte die Brille endlich gefunden und blinzelte seine Assistentin durch die dicken Gläser an.
Fanny blickte vielsagend auf die Fernet-Flasche. „Sie ruhen sich besser noch ein bisschen aus, Chef."

10. Vitam impendere vero[12]

„Und da liegt er dann. Zuerst hab ich gedacht, der ist an dem Schmiss gestorben, den ich ihm verpasst habe. Überall Blut. Aber dann hab ich das Messer in seiner Brust gesehen.“ Hämmerle säbelte an seinem Schweinekotelett herum. Er saß mit Pikulski und Atze in der Casa und hatte im Schnelldurchgang die Ereignisse der letzten 24 Stunden rapportiert.

„Boh“, Atze war sprachlos.

„Ich glaube, ich wäre in Ohnmacht gefallen.“ Pikulski war ziemlich zart besaitet, wenn es um Blut ging.

„Und dann kommt dieser Typ und gibt mir eins über den Schädel. Ich hab die Nase voll von deinen schönen Freunden“, sagte Jean-Marie zu Atze. „Die sind ja gemeingefährlich. Ein Wunder, dass ich noch lebe.“

„Auf jeden Fall musst du jetzt vorsichtig sein, Jean-Marie.“ Fanny tätschelte Hämmerles Hand. „Von Schevens Mörder hat nicht gefunden, was er suchte, das wissen wir. Und vielleicht kommt er ja drauf, dass du es hast.“ Sie sah ihm ernst in die Augen. „Wieso ich?“ fragte Hämmerle. „Du hast doch den Schlüssel.“

„Aber dich hat er gesehen“, quäkte Atze.

„Halt du die Klappe“, fuhr Hämmerle seinen Neffen an. „Wegen dir hab ich den ganzen Schlamassel doch am Hals.“ Er sah sich hektisch um. „Meinst du wirklich, der sucht mich?“ fragte er Fanny.

---

[12] Sein Leben der Wahrheit weihen

„Hör schon auf zu jammern“, fuhr Pikulski dazwischen. „Sag’ lieber, was wir jetzt machen sollen. Mit von Scheven ist unser Hauptverdächtiger ja nun wohl aus dem Schneider, sozusagen.“

Hämmerle zuckte resigniert mit den Schultern.

„Bravo“, sagte Pikulski ironisch. „Hercule Poirot bei der Arbeit“.

Hämmerle sah ihn giftig an. „Auch wenn von Scheven tot ist, kann er trotzdem der Mörder von Boris gewesen sein. Die Frage ist nur, wer von Scheven umgebracht hat. Eins ist jedenfalls sicher: Eine Weibergeschichte war es diesmal nicht. Auf dem Haus war ja bekannt, dass von Scheven und Windel“ er machte eine Pause, „ein Paar waren.“

„Und dass von Scheven dauernd andere Freunde hatte und Windel total eifersüchtig war“, warf Atze ein.

„Also doch eine Beziehungstat?“ fragte Pikulski hoffnungsvoll.

„Wie dem auch sei.“ Hämmerle lehnte sich zurück. „Es kommen nur zwei Motive in Frage: 1. Der Schatz oder 2. Sex.“

„Ad 1. Der Schatz. Wer hat außer von Scheven noch von der ganzen Sache gewusst?“ Er sah fragend in die Runde.

„Bestimmt hat von Scheven dem Müller die Karte gezeigt. Damals, als Boris den protokollierten Rüffel bekommen hat, weil er in den Großen Konvent geplatzt ist. Vielleicht war es ja der alte Müller“, sagte Atze.

„Spinnst du, oder was?“, fuhr Hämmerle seinen Neffen an. „Du glaubst doch nicht im Ernst, dass eine Kapazität wie Professor Müller in diese Sache verwickelt ist?“ Vor Professoren hatte er immer noch einen Heiderespekt, obwohl er seine Uni-Karriere schon lange an den Nagel gehängt hatte.

Aber wer weiß, vielleicht würde der Römerschatz ja sein Durchbruch werden.
„Vielleicht wollte Müller den Schatz nur in Sicherheit bringen. Und dann kam von Scheven und wollte alles für sich haben. Und peng, haut der Müller ihm ein Messer rein." Atze rammte sein Messer in die hölzerne Tischplatte.
„Zuzutrauen wäre das dem sauberen Herrn von Scheven schon gewesen", räumte Hämmerle ein.
„Quatsch. Das ist eine Beziehungstat. Jede Wette. 98 Prozent aller Verbrechen werden aus Leidenschaft begangen." Pikulski war in der einschlägigen Fachliteratur auf dem Laufenden.
„Okay", sagte Hämmerle. „Dann fange ich mit Windel an. Den treffe ich nachher sowieso. Heut' Abend ist Konvent. Wegen der aktuellen Ereignisse. Der Konvent fängt um acht an. Dass dir das klar ist", er wandte sich an Atze, „ich begebe mich in Lebensgefahr. Das tue ich für dich, während du es dir in meiner Wohnung gemütlich machst. Aber täusch dich nicht, du bist auch noch nicht aus der Sache 'raus. Außerdem geht es hier um die Wahrheit. Die macht bekanntlich frei. Das steht in Freiburg sogar an der Uni, falls du das noch nicht bemerkt haben solltest." Er wandte sich wieder Fanny und Dieter zu. „Ich werde ein halbes Stündchen zu spät kommen. Dann hab ich genügend Zeit, mich in Windels Zimmer umzusehen, während er im großen Saal sitzt. Falls ich mich bis elf nicht bei euch gemeldet habe, ist mir etwas zugestoßen. In diesem Fall habt ihr freie Hand. Drückt mir die Daumen", sagte er, schluckte einen dicken Kloß im Hals runter und prostete tapfer in die Runde.

Am anderen Ende der Innenstadt, am Friedrichring, saß Harry Stefan in der Sowjet Café-Bar KGB vor einem doppelten Wodka. Das KGB war für Harry Stefan eine Insel in der Freiburger Kneipenszene mit all ihren Sushi-Bars, ihren badischen Wohlfühlstuben und den auf cool getrimmten Caipirinha-Schuppen. Endlich ein Ort, der ihn an die gute alte Zeit in Berlin erinnerte, als die Mauer noch stand und die Welt in Ordnung war. Auch seine gelegentlichen Abstecher nach Ostberlin waren dank der politischen Großwetterlage seinerzeit herrlich unkompliziert gewesen. Keine Angela, die ihn bei seinen kleinen Eskapaden mit Olga im Osten überraschen konnte, keine Lydia, die plötzlich bei ihm zu Hause im Westen auftauchte, keine überzogenen Ansprüche von Irina, da der zeitliche Rahmen seiner Besuche sozusagen staatlich festgelegt war. Er seufzte und streichelte der kleinen Lenin-Büste über den Kopf, die vor ihm auf dem halbrunden Tisch an der Bar stand. Die Wände rundum waren vollständig mit rotem Stoff bespannt. Auf den Stoffbahnen hingen einige Schwarz-Weiß-Photos aus der früheren Sowjetunion und ein Plakat, das Eisensteins Panzerkreuzer Potemkin zeigte. Stefans Blick blieb an dem dicken Matrosen hängen, der grinsend zwischen zwei riesigen Kanonenrohren stand. Der Typ erinnerte ihn von fern an seinen Erzfeind Hämmerle. Er nahm einen tiefen Schluck aus seinem Wodkaglas und schüttelte sich. Eines musste man diesem Fettsack Hämmerle lassen: sein Selbstgebrannter war Spitzenklasse. Stefan bestellte einen Molotow-Cocktail, ein Gebräu aus Wodka, Sekt, Kirschsaft und Sherry. Der Kirschsaft war völlig überflüssig. Seit er in Freiburg war, kam ihm stän-

dig dieser Hämmerle in die Quere. Heute hätte er ihn fast gehabt. Zum Teufel mit diesem Alibi. Überhaupt: wer sagte eigentlich, dass die Duffner ihn nicht aufs Kreuz gelegt hatte? Die kam ihm sowieso in letzter Zeit ausgesprochen komisch vor. So übereifrig. Sonst drückte sie sich doch immer um die Arbeit, wo es nur ging. Nun hatte sie sogar das Alibi von diesem Hämmerle überprüft. Darum würde er sich am besten selbst noch mal kümmern. Er trank seinen Cocktail auf Ex und knallte das Glas auf den Tisch.
„Оплаты, пожалуйста![13]“

Schwester Aquinata nickte eifrig. „Ja“, sagte sie und tippte auf den Zeitungsausschnitt in ihrer Hand. „Dieser Herr ist in der betreffenden Nacht um circa ein Uhr eingeliefert worden. Am nächsten Vormittag haben wir ihn dann gegen Mittag entlassen.“
„Grr“, machte Stefan. Fehlanzeige! Dabei war es gar nicht so einfach gewesen, auf die Schnelle ein Foto von Hämmerle zu bekommen. Zum Glück hatte er einen Artikel aufgehoben, der den Dicken bei einem seiner früheren „Einsätze“ zeigte.
„Ist der Herr Dr. von Clausewitz denn wieder auf den Beinen?“ fragte die Schwester besorgt. „Es war immerhin kein ganz leichter Sturz. Wir hatten zuerst sogar Verdacht auf Gehirnerschütterung. Er hatte eine Riesenbeule an der Stirn. Die jungen Herren, die ihn eingeliefert hatten, waren sehr besorgt“, plapperte sie weiter. „Das alles war ihnen schrecklich peinlich, weil der Herr Dr. von Clausewitz doch ein Gast in der Badenia ist, der für eine wichtige For-

[13] Bezahlen bitte

schungsarbeit nach Freiburg gekommen ist. Und sie hatten Angst, dass ihn der Unfall jetzt sehr zurück wirft. Wie geht es dem Dr. von Clausewitz denn?“
Clausewitz? Stefan sah die Nonne irritiert an. War die alte Dame etwa schon etwas verwirrt? Vielleicht war sie auch halb blind! Offensichtlich brachte sie hier etwas durcheinander. Er grinste in sich hinein. Na also, dachte er. Ein Alibi von einer kurzsichtigen und verwirrten Nonne war für Hämmerle praktisch wertlos. Soviel zur Arbeit von Frau Duffner.
„Gut, gut“, antwortete Stefan beiläufig.
„Dem Herr sei Dank“, sagte Schwester Aquinata und bekreuzigte sich rasch. „Wissen Sie“, fuhr sie fort, „ich will ihm ja nicht zu nahe treten. Aber ein Mann in seinem Alter sollte nicht so dick sein. Das ist der Gesundheit ganz und gar abträglich. Wenn Sie also ein Bekannter von ihm sind ...“
„Bekannter? Kann man so nicht sagen“, wehrte Stefan ab.
„Ach Schwester, gut dass ich Sie treffe.“ Ein älterer Arzt mit silbergrauem Haar kam über den Flur auf Aquinata zu und legte ihr den Arm um die Schulter. „Was ich Ihnen noch sagen wollte ... Ach, wen haben wir denn da?“ fragte er mit einem Blick auf das Zeitungsfoto in Aquinatas Hand. „Das ist doch Dr. von Clausewitz, den die von der Badenia gebracht haben. Diese Burschen treiben es manchmal wirklich ein bisschen zu doll. Hähä.“
„Moment“, unterbrach Harry Stefan den Arzt. „Wie heißt der Mann?“
„Das habe ich Ihnen doch vorhin schon gesagt“, sagte Schwester Aquinata bestimmt. „Das ist der Doktor von Clausewitz, gell Herr Doktor?“ Sie sah zu dem Arzt neben ihr hoch. Der Arzt nickte.

Harry Stefan verstand die Welt nicht mehr. Hatte dieser Hämmerle etwa einen Zwillingsbruder? Die Knie wurden ihm weich. Noch einer von der Sorte? Aber nein, dachte er. Das hätte er bei seinen dezentralen Verhören auf dem Verbindungshaus doch merken müssen.

„Ist Ihnen nicht gut, Herr Kommissar?" fragte Schwester Aquinata besorgt.

„Schon gut", gab Stefan zurück. Er grabschte nach dem Artikel in ihrer Hand und machte auf dem Absatz kehrt.

„Seltsamer Mann", sagte die Nonne zu dem Arzt.

„Und keine Manieren", fügte der hinzu. „Und so was ist als Beamter auch noch privat versichert."

Zum Glück hatte Stefan seinen Wagen im absoluten Halteverbot direkt vor der Klinik geparkt. Im Auto kramte er ein Fläschchen Fernet aus dem Handschuhfach und trank es auf Ex. Das half. Er fasste sich an die Stirn. Plötzlich lichteten sich die Wolken in seinem Hirn. Die Beule! Hämmerle hatte zwei Riesenhörner gehabt, als er ihn vernommen hatte. Das auf der Stirn musste von dem angeblichen Treppensturz stammen. Dieser Dr. von Clausewitz und Hämmerle waren ein und dieselbe Person. Dr. von Clausewitz! Forschungsarbeit! Stefan lachte bitter. Diese Qualle war nicht nur ein Klugscheißer sondern auch noch ein Hochstapler. Er kannte Hämmerles Methoden so langsam. Der Dicke hatte sich also schon wieder in seine Arbeit eingemischt und sich in die Badenia eingeschlichen. Stefans Stirnadern schwollen an, wenn er daran dachte, dass er sich die Nächte im Einmannzelt oberhalb des Verbindungshauses um die Ohren geschlagen hatte, während der Dicke im weichen Federbett bei Vollpension und Freibier seine Ermittlungen torpedierte.

Ganz abgesehen davon, dass Angela vermutlich seine nächtlichen Observationen dazu benutzt hatte, mit irgendeinem Kerl was anzufangen.
Stefan schnappte nach Luft. Na wartet, dachte er. Euch werde ich's zeigen. Zuerst würde er dem Dicken die Tour vermasseln, dann käme Angela dran.
Er lachte diabolisch.

Als Hämmerle das Verbindungshaus auf dem Lorettoberg betrat, war der Konvent schon in vollem Gange. Die Gelegenheit war also günstig, und Hämmerle nutzte sie dazu, Windels Zimmer zu durchsuchen. Doch so sehr er auch suchte: einen Hinweis auf den Mord an von Scheven konnte er nirgends entdecken. Was er allerdings schließlich in Windels Schreibtisch fand, trieb ihm die Tränen der Empörung in die Augen. Unter einigen Zeitungsausschnitten über Kevin Costner und Roland Barnabas Schill lag ein Stapel Fotos, obenauf ein paar, die ihn selbst schlafend und splitternackt auf der Bank vor dem Schlosscafé zeigten.
„Du Schwein", zischte Hämmerle. Windel war also derjenige, dem er die Blamage seines Lebens zu verdanken hatte. Das würde er ihm büßen. Eilig sah er den Stapel Fotos durch. Von ihm war keines mehr darunter. Aber dafür einige Aktphotos, die Windel selbst in erotischen Positionen zeigten. Daneben lagen jede Menge Aufnahmen, auf denen Professor Hagen Müller in seinem holzgetäfelten Arbeitszimmer, das er auf der Badenia zur Verfügung hatte, im Liebesspiel mit einer sehr jungen Frau zu sehen war. Das konnte unmöglich Frau Müller sein. Hämmerle pfiff leise durch die Zähne. Windel hatte gute Arbeit geleistet. Die Fotos waren

in jeder Hinsicht scharf. Offensichtlich hatte Windel ein gutes Plätzchen gefunden, das freien Blick in jeden Winkel des Arbeitszimmers bot. Er steckte alle Bilder samt der Negative ein und schloss die Tür hinter sich.

Zur gleichen Zeit erreichte Hagen Müller den Höhepunkt seiner Trauerrede: „... deshalb bitte ich euch alle, euch im ehrenden Angedenken an unseren lieben Bruder Moritz von Scheven zu erheben." Er stand von seinem Stuhl auf. Die anderen Corpsbrüder taten es ihm nach. Die versammelte Corona trug Trauerrosetten an den Mützen. „Ich darf noch darauf hinweisen", machte Hagen weiter, „dass es sich in diesem Fall um die große Corpstrauer handelt, bei der weder das Corps noch Einzelne in den nächsten zwei Wochen an Kommersen, Bällen und ähnlichen Veranstaltungen teilnehmen. Auf der Kneipe wird nicht gesungen. Silentium. Wir schweigen."

Am unteren Ende der großen Tafel schluchzte es auf. Friedrich Windel konnte sich nur mit Mühe beherrschen. Müllers strafender Blick traf den Kraßfux und ließ ihn augenblicklich verstummen. Im Saal wurde es mucksmäuschenstill.

„Bitte, meine Verspätung zu entschuldigen." Hämmerle ließ die Tür krachend ins Schloss fallen und schlug die Hacken zusammen, dass es knallte. Die Corona starrte ihn entgeistert an. Als erster hatte sich Hagen Müller gefangen.

„Danke, meine Herren", sagte er. „Wir werden unseren Bundesbruder nicht vergessen. Er war einer unseren besten. Wir werden nicht eher ruhen, bis wir seinen Mörder gefunden haben. Bitte nehmt Platz."

Die Corona scharrte mit den Stühlen.

„Lasst mich", fuhr Hagen Müller fort, „noch ein paar Worte über ihn sprechen." Er blickte zu Hämmerle hinüber. „Nicht zuletzt, um unserem lieben Gast Donatus von Clausewitz einen, wenn auch nur geringen Eindruck von der menschlichen Größe und der wissenschaftlichen Fähigkeit von Schevens zu vermitteln. Sed omnia praeclara tam difficilia quam rara sunt[14]. Dieses Wort des großen Spinoza stand über dem Leben unseres Moritz. Er war nicht einfach - im positiven Sinne. Er war eine komplexe Persönlichkeit, vielschichtig und vielseitig. Und er war treu." Einige Krassfüxe rutschten auf ihren Stühlen herum. Einer kicherte.

„Von einer altmodischen Treue, wie ich meine. Eine Treue, die sich nicht nach Moden und Zeitgeist richtete. Treu war er sich selbst gegenüber und seiner geistigen Heimat, der Badenia. Sie hat er immer verteidigt, und ihr erfahrt tagtäglich am eigenen Leibe, wie schwierig es heutzutage in Freiburg ist, als Corpsstudent seine Ideale zu bewahren. Treu war er, treu und wahrhaftig." Müller straffte sich. „Ein anderer Wahlspruch unseres Moritz lautete: Vitam impendere vero. Die Wahrheit war sein höchstes Gut. Und die Wahrheit wird euch frei machen, so steht es an unserer Universität. Machen wir uns also frei."

Nun war das Kichern in den hinteren Rängen nicht mehr zu überhören. „Zeigen wir auf die", donnerte Müller, „die unfrei sind, die nicht wahrhaftig sind, die sich der Unwahrheit bedienen, um ihre miesen Tricks anwenden zu können. Die sich unter Vorspiegelung falscher Tatsachen einschleichen, um die Gastfreundschaft der Treuen und Wahrhaftigen auszunutzen."

---

[14] Alles Erhabene ist ebenso schwierig wie selten

Hämmerle hatte staunend zugehört. Jetzt nickte er anerkennend. Schließlich hatte auch er sein Leben der Wahrheit geweiht. Und auch er wurde ständig ausgenutzt. Das fing mit dem Taxifahren an und endete bei Dieter Pikulski. Der hatte ihn schon seit ihrer frühesten gemeinsamen Lahrer Jugend ausgenutzt. Er musste nur an die Sache mit den Goldhamstern denken. Damals in Lahr hatte er gemeinsam mit Pikulski ... Er fuhr hoch. Da hatte doch jemand seinen Namen genannt. Er sah in die Runde. Die Blicke der versammelten Corona ruhten auf ihm. Doch damit nicht genug. Hagen Müller zeigte mit ausgestreckten Zeigefinger und zorngeschwellten Stirnadern auf ihn.

„... und das unter dem Pseudonym Dr. Donatus von Clausewitz.“ Er lachte scheppernd. „Ausgerechnet unter dem Namen eines der größten Militärhistoriker in der Geschichte. Du Würstchen!“ Ein Raunen ging durch den Saal.

Hämmerle stand auf. „Reden Sie von mir?“ fragte er leicht verunsichert. „Ich glaube“, seine Stimme gewann wieder an Festigkeit, „ich konnte für einen Moment nicht folgen. Dachte an von Scheven.“

„Du niederträchtiger ... Nein“, sagte Hagen Müller mühsam beherrscht, „von Ihnen lasse ich mich nicht provozieren, Herr HÄMMERLE!“ Er spuckte den Namen geradezu aus.

„Das ist alles ein Irrtum“, stammelte Jean-Marie. „Ich bin auf Ihrer Seite. Ich meine ...“

„Silentium“, zischte Müller. „Herr Kommissar“, er wandte sich den schweren roten Samtvorhängen zu, „walten Sie ihres Amtes.“

Harry Stefan schob den Vorhang beiseite, nieste kurz und kam auf Hämmerle zu. Er konnte seine Genugtuung nicht verbergen. In seiner Hand baumelte ein Paar silberglänzender Handschellen.

„Dann wollen wir mal, Hämmerle, was?“

Unter dem Applaus der Corona drehte er Jean-Marie die Arme auf den Rücken, ließ die Handschellen zuschnappen und führte Hämmerle ab.

„Vergessen Sie nicht, Herr Kommissar: De vivo resecandum[15]!“ rief Hagen Müller hinter ihm her.

„Arschloch“, zischte Harry Stefan.

[15] Bis auf das Lebendige schneiden

11. Zugriff

Kurz vor Mitternacht erlebte Freiburgs Villenhügel einen Auftrieb, wie in den besten Zeiten des Schlosscafés. Mit Vollgas jagte ein Wagen nach dem anderen mit quietschenden Reifen die Mercystraße hoch. Die Professoren und Ärzte standen auf ihren Balkonen, beobachteten den Aufruhr und machten gerichtsverwertbare Notizen. So viele Streifenwagen hatte man hier schon lange nicht mehr gesehen. Die Blaulichter zuckten hektisch durch die Kurven.

Vor der Badenia hielt der Tross an. Sofort sprangen schwer bewaffnete Männer aus den Wagen und verteilten sich im umliegenden Gelände. Scheinwerfer flammten auf und tauchten die Villa in taghelles Licht. Aus einem der Wagen stieg eine junge Frau in kugelsicherer Weste. Sie hielt ein Megafon in der Hand.

„Achtung, Achtung, hier spricht die Polizei. Sie sind umstellt. Kommen Sie mit erhobenen Händen aus dem Haus. Widerstand ist zwecklos. Achtung, Achtung! Hier spricht die Polizei!"

Überall in der Villa gingen Lichter an. In der Haustür erschien eine hochgewachsene Gestalt. Der Mann hielt sich die Hand über die Augen, um sich vor den blendenden Scheinwerfern zu schützen.

„Was soll denn das?" rief er.

„Hände hoch, habe ich gesagt!" schrie Fanny ins Megafon.

Vor Schreck riss Professor Hagen Müller die Arme nach oben und blieb stocksteif stehen. Nach und nach tauchten

einige junge Männer mit erhobenen Händen auf der großen Freitreppe vor dem Haus auf.
„Zugriff!“ raunte Fanny Duffner in ihr Sprechfunkgerät. Die Kollegen spurten. Nur Sekunden später war die gesamte Aktivitas der Badenia festgesetzt.
„Das werden Sie mir teuer bezahlen, Fräulein!“ tobte Hagen Müller und zerrte an seinen Handschellen. Fanny drehte ihm den Rücken zu und überließ den Rest den Kollegen.
Eine Stunde später war klar: Fannys Einsatz war gründlich fehlgeschlagen. Wenn ich um Elf nichts von mir hören lasse, ist mir was passiert, hatte Hämmerle gesagt. Fanny hatte sogar noch eine halbe Stunde länger gewartet, um sicher zu gehen, bevor sie die Kollegen zum Großeinsatz gerufen hatte – angeblich auf Stefans Befehl hin. Doch obwohl sie das Verbindungshaus von oben bis unten durchsucht hatten, war von Hämmerle keine Spur zu finden.
Als die letzten Kollegen achselzuckend das Objekt verlassen hatten, war sich Fanny sicher: das würde mächtig Ärger geben.

Jean-Marie Hämmerle bekam von der ganzen Aufregung um seine Person nichts mit. In seiner Ein-Mann-Zelle in der U-Haft am Holzmarkt schnorchelte er friedlich vor sich hin. Eigentlich, hatte er kurz vor dem Einschlafen gedacht, konnte ihm gar nichts Besseres passieren. Immerhin war er hier sicher. Vielleicht würde Stefan ihn ja ein wenig länger als erlaubt hier behalten. Zuzutrauen wäre es ihm.
Jean-Maries Schonzeit war früher zu Ende, als ihm lieb war. Kurz vor dem Mittagessen erschien der Schließer und öffnete die Zellentür.

„Sie können gehen“, sagte er.
„Aber nein“, protestierte Hämmerle, „das ist sicher ein Irrtum. Stefan hat mich ja noch nicht mal verhört.“
„Seien Sie froh, dass wir Sie laufen lassen“, antwortete der Beamte. „Wir hatten heute Nacht genug Ärger wegen Ihnen. Eine halbe Hundertschaft!“ Der Beamte schüttelte den Kopf. „Der Chef tobt. Und wir haben die ganze Presse auf dem Hals.“
„Aber ich hab doch gar nichts gemacht“, Hämmerle hob die Hände.
„Eben“, sagte der Schließer und schubste Hämmerle zur Zellentür hinaus. „Jetzt machen Sie, dass Sie von hier verschwinden, bevor noch TV Südbaden aufkreuzt.“

HEUTE GESCHLOSSEN stand auf dem Schild, das in der Glastür der Casa hing. Hämmerle drückte die Nase an die Scheibe, und versuchte, ins Innere der Kneipe zu schauen. Richtig, da bewegte sich was. Er haute mit der Faust gegen die Tür. Hinter dem Tresen tauchte Dieter Pikulski auf.
„Was ist denn los?“ fragte Hämmerle, als sein bester Freund und Saufkumpan ihm aufschloss.
„Das fragst du noch?“ knurrte Dieter. Er deutete mit dem Kopf über die Schulter Richtung Tresen. „Fanny“, sagte er, „wegen dir kann sie sich einen neuen Job suchen.“
„Hä?“ Hämmerle verstand nur Bahnhof. Er stapfte die Stufen zum Tresen hoch. „He, Fanny, was ist los?“ fragte er.
Fanny drehte sich zu Hämmerle um und schluchzte auf. „Jetzt kann ich putzen gehen“, heulte sie. „Ich hab alles vermasselt.“ Sie putzte sich geräuschvoll die Nase und leerte ihr Weinglas auf einen Zug. Aus gegebenem Anlass hatte Dieter einen besonders guten Rijoa spendiert. „Der Polizeipräsident war sogar da.“

Hämmerle drehte sich zu Pikulski um. „Kapierst du das?“ fragte er ihn.
„Fanny hat wegen dir eine halbe Hundertschaft auf den Lorettoberg geschickt“, erklärte Pikulski und schenkte Fanny nach. „Angeblich auf Befehl von Stefan. Weil du dich bis elf nicht gemeldet hast, hat sie gedacht, dir sei was passiert. Ich möchte auch mal erleben, dass man sich um mich solche Sorgen macht. Dabei warst du im Knast, aber das konnte sie ja nicht ahnen. Das hat sie erst erfahren, als sie von ihrem Einsatz zurückgekommen ist. Da hat der Polizeipräsident schon auf sie gewartet. Der golft mit Hagen Müller. Und jetzt droht ihr der Rausschmiss.“
Fanny schluchzte auf.
„Ich darf die nächsten Tage noch nicht mal in mein Büro.“
„Komm, Fanny“, Hämmerle tätschelte ihre Schulter. „Das kriegen wir wieder hin. Verlass dich auf mich.“
Fannys Schluchzen ging in einen Weinkrampf über. Bloß das nicht, dachte sie und griff erneut zum Glas.
„Wir müssen nur endlich diesen verdammten Fall aufklären, dann bist du aus dem Schneider, Fanny.“ Hämmerle drückte ihren Arm. „Wir stehen sozusagen kurz vor der Lösung. Windel jedenfalls war es nicht, so viel hab ich in der letzten Nacht ‘rausgekriegt. Zumindest hab ich in seinem Zimmer nichts Verdächtiges gefunden.“ Er nahm einen tiefen Schluck aus Fannys Glas.
„Bleibt also nur noch dein sauberer Professor“, sagte Dieter.
„Sieht so aus. So wie der sich in der letzten Nacht aufgeführt hat, trau ich dem alles zu“, antwortete Jean-Marie.
„Hört, hört“, sagte Pikulski ironisch. „Das klang bisher aber ganz anders.“

Hämmerle überging den Einwurf souverän. „Jemand muss mich verpfiffen haben“, sagte er. „Wenn ich nur wüsste, wer das war.“ Er zog die Stirn in Falten.
„Das war Stefan, du Dummerchen“, lallte Fanny. „Der war noch mal im Loretto-Krankenhaus und hat dein Alibi überprüft. Und dabei ist er auf Drrr. von Clllausewwwitz gestoßen.“ Sie kicherte. „Und dann hat er deinem Professor Müller reinen Wein über diesen Clllausewwwitz eingeschenkt.“ Sie packte die Flasche am Hals und goss sich nach. „Prost.“ Sie trank auf Ex. „Und gemein wie er ist“, lallte sie weiter, „hat er es sich nicht nehmen lassen, hicks, dabei zu sein, wenn dich der alte Müller auffliegen lässt. Das war nämlich alles insssseniert.“ Sie nickte kräftig und griff wieder nach der Flasche. „Oooch, leer“, sagte sie und zog einen Flunsch. Dann legte sie den Kopf auf die Arme und schlief augenblicklich ein.
„Ich muss sowieso nach Hause“, verkündete Hämmerle. „Ich will endlich diese Verkleidung loswerden!“ Er zupfte an dem Westchen seines Dreiteilers herum, mit dem er sich auf der Badenia als promovierter Akademiker ausgewiesen hatte. „Ist ja nun nicht mehr nötig. Und du musst mich fahren“, sagte er zu Dieter. „Schließlich bin ich hochgradig gefährdet.“
„Aber vorher bringen wir Fanny nach Hause.“ Dieter stupste sie am Arm. „ Ich glaube, die hat genug für heute.“
„Und was ist mit der Kneipe?“ fragte Hämmerle.
„Ich melde mich mal krank“, sagte Dieter und griff zum Telefon.

Als Jean-Marie Hämmerle die Tür zu seiner Wohnung in der Zasiusstraße aufschloss, traf ihn fast der Schlag.

„Wie sieht's denn hier aus!“ rief er entgeistert und starrte auf das Chaos im Flur.
„Ganz der Onkel“, feixte Pikulski. „Atze fühlt sich anscheinend wohl hier.“
Hämmerle stieg über den umgeworfenen Stuhl, auf dem er sonst den Lokalteil der Badischen Zeitung ablegte. Die Schranktür hing nur noch an einer Angel. Ein paar Schubladen waren herausgerissen, sein Angelzeug und der Drachen, den er als Vierzehnjähriger selbst gebaut hatte, lagen zerbrochen in der Ecke.
„Das war ja 'ne heiße Party“, grinste Pikulski. „Ich sag's ja. Nach drei Tagen fangen Fisch und Gäste an zu stinken.“ Er sah sich kopfschüttelnd um.
„Na warte“, zischte Jean-Marie. „Wenn ich den erwische. Das kann alles seine Mutter zahlen.“ Er öffnete die Wohnzimmertür. Wie von Donner gerührt blieb er stehen. „Ich glaub' es nicht“, sagte er und deutete auf das Sofa. Seine uralte Second-Hand-Couch war völlig zerschlitzt und ausgeweidet. Die Bücher lagen kreuz und quer auf dem Boden, das Che-Guevara-Poster hing in Fetzen von der Wand.
„Wenn ich dieses ver...“
„Psst“, machte Pikulski. „Hör mal.“ Er legte den Finger auf den Mund.
Sie lauschten.
Aus dem Schlafzimmer kam ein seltsames Geräusch. Die beiden schlichen zur Tür und sahen sich an.
„Mach du auf“, wisperte Hämmerle.
Pikulski schüttelte den Kopf.
„Feigling.“ Jean-Marie nahm die Klinke in die Hand und drückte sie ganz langsam hinunter. Das Geräusch wurde lau-

ter. Er linste durch den Türspalt. Im Schlafzimmer war es dunkel. Das Geräusch kam vom Bett her, ein leises Fiepen, das ihn entfernt an seinen Goldhamster Ursula aus Kindertagen erinnerte, den er seinerzeit nach seiner Schwester benannt hatte.

„Kannst du was sehen?“ flüsterte Pikulski mit zitternder Stimme.

Hämmerle schüttelte stumm den Kopf und schob die Tür noch etwas weiter auf. Ein Lichtstrahl fiel auf das Bett, auf dem Atze lag, verschnürt wie ein Postpaket und mit einem dicken Knebel im Mund.

„Und dann steht plötzlich der Typ mit der schwarzen Skimaske vor mir und zieht mir eins über. Ich konnte praktisch nichts machen.“ Atze spielte die Szene nach und brach theatralisch in der Küche noch einmal zusammen. „Mehr weiß ich nicht“, sagte er und stand wieder auf. „Ich bin erst auf dem Bett wieder wach geworden.“ Er rieb sich die Handgelenke.

Hämmerle war immer noch bleich wie die Wand. Wie leicht hätte es ihn erwischen können. Er war also wirklich in Gefahr. Keine Frage, man hatte seine Wohnung durchstöbert, und was der Eindringling gesucht hatte, war auch klar: den Schlüssel, den Hämmerle in von Schevens Zimmer entdeckt hatte.

„Jetzt wird’s eng.“ Hämmerle sah ernst in die Runde. „Wir müssen den Römerschatz so schnell wie möglich finden. Und dazu müssen wir endlich wissen, wohin der Schlüssel gehört. Fanny hat gemeint, das wäre kein Problem. Sie müsse nur bei ein paar Kollegen anfragen. Und wenn wir das zugehörige Schloss haben, dann haben wir auch den Kerl. Ich weiß auch schon wie.“

„Aber Fanny kann doch nicht mehr in ihr Büro. Die haben sie doch beurlaubt“, wandte Pikulski ein.
„Dann müssen wir eben einen anderen Weg finden“, sagte Hämmerle. „Aber vorher räumt ihr hier noch auf. Ihr seid mir schließlich was schuldig.“

12. Alles Gold, was glänzt

Um zwei Uhr morgens lag das Kommissariat wie ausgestorben da. Die langen Gänge waren nur notdürftig beleuchtet.
„Leise", wisperte Fanny. „Man weiß nie, ob nicht doch einer hier rumturnt."
Hämmerle, Atze und Pikulski schlichen auf Zehenspitzen über das blank gewienerte Linoleum hinter Fanny her. Um möglichst sicher zu sein, keinen von Fannys Kollegen auf dem Kommissariat anzutreffen, hatten sie bis weit nach Mitternacht gewartet. Zum Glück war Fanny nach einigen Stunden Tiefschlaf und mehreren Tassen Kaffee wieder einigermaßen nüchtern.
„Das ist Stefans Büro", flüsterte Hämmerle Atze zu, als sie an einer Glastür vorbeihuschten. Atze trug einen dicken Verband um die Stirn.
„Wir sind da." Fanny öffnete vorsichtig die Tür zu ihrem Büro. Sie ging zum Schreibtisch und fuhr den Computer hoch. „Wollen wir doch mal sehen, was sich inzwischen getan hat", murmelte sie und gab mit flinken Fingern ihr Passwort ein, das ihr elektronisches Postfach öffnete. Sie klickte ihre letzten E-Mails an. „Na bitte", sagte sie, „geht doch."
Die Kollegen waren diesmal ausnahmsweise ein bisschen schneller gewesen als sonst. Der Schlüssel gehörte zu einem Schließfach am Freiburger Hauptbahnhof.
„Bingo!" rief Hämmerle und vollführte ein paar Tangoschritte. „Aurum sitisti, aurum bibe[16]."

---

[16] Dich dürstet nach Gold, nun trinke Gold

„Scht“, machte Fanny und sah zu Tür. „Du willst doch wohl nicht, dass man uns erwischt.“

„Ach Fannylein“, summte Jean-Marie und nahm seine Jugendfreundin in den Arm. „Wir sind am Ziel. Wir werden reich!“

„Juchu“, machte Atze und fiel Pikulski um den Hals.

„Scht“, fuhr Hämmerle seinem Neffen über den Mund.

Pikulski schüttelte Atze ab und sah auf die Uhr. „Das kann knapp werden“, sagte er.

„Wieso?“ quäkte Atze.

„Weil so ein Schließfach für maximal 72 Stunden gemietet werden kann.“ antwortete Pikulski. „Dann muss Geld nachgeworfen werden.“

„Und das konnte Scheven seit fast zwei Tagen nicht mehr“, ergänzte Hämmerle.

„Dann nichts wie los“, sagte Fanny und schaltete ihren Computer aus.

Als die vier in Pkulskis BMW stiegen, den sie vor dem Kommissariat geparkt hatten, beachteten sie den dunkelblauen Twingo nicht, der auf der anderen Straßenseite stand. Sie bekamen auch nicht mit, dass der Wagen ihnen bis zum Bahnhof folgte. So sehr waren sie mit der Frage beschäftigt, was sie in dem Schließfach erwartete und was sie mit dem ganzen Geld machen würden. An eine wissenschaftliche Karriere dachte im Moment keiner mehr.

Sie parkten vor dem Konzerthaus, das Hämmerle immer noch hartnäckig KTS nannte. Jean-Marie knallte seine Tür zu, blieb einen Moment stehen und sah an dem mächtigen Kulturpalast hoch. „Schaut euch das Ding hier an. So sieht ein Fass ohne Boden aus. Es ist genau so gekommen, wie

wir KTS-Gegner immer gesagt haben. Dafür und für die Messe war Geld genug da. Aber in den Schulen knallen die Decken runter." Er kam richtig in Fahrt. „100 Millionen Euro fehlen allein für die Sanierung der Schulen, und damit kann nur das Nötigste getan werden. Eigentlich sollten wir der Stadt die ganze Römer-Kohle geben, damit die sich endlich um die Sachen kümmern kann, die wirklich wichtig sind."
„Du spinnst wohl", fuhr Pikulski seinen Freund an. „Ich zahl doch nicht denen ihre Schulden."
„Bevor ihr das Geld verteilt, sollten wir es erst mal holen." sagte Fanny mit Nachdruck. „Kommt endlich."
Das Quartett lief über die Straße zum menschenleeren Bahnhofsvorplatz. Der Bahnhof war schon seit Stunden geschlossen. Damit hielt man erfolgreich die Penner aus dem Eventtempel der mobilen Spaßkultur fern, mit seinen Cafés, Sushi-Bars, Bistros und Trattorien. Manchmal, wenn er mit seinem Taxi neben der gläsernen Bahnhofsfassade stand, schossen Hämmerle fast Tränen in die Augen, wenn er an den kleinen gemütlichen Bahnhof dachte, der früher die Reisenden in dem kleinen gemütlichen Freiburg willkommen geheißen hatte. Oben im Kagan zuckten die letzten Tänzer in den grellen Blitzen der Stroboskope. Auch so ein Schuppen, der in diese neue Zeit passte.
Die Schließfächer befanden sich auf dem Bahnsteig von Gleis 1.
„Da vorne ist es", sagte Hämmerle mit belegter Stimme und deutete auf einen grauen Block im kalten Neonlicht.
Nun war Atze nicht mehr zu bremsen.
„Los!" schrie er und rannte über den Bahnsteig auf die Schließfächer zu. Die restliche Truppe tat es ihm nach. Schwer atmend kam Hämmerle als letzter an.

„Es ist Nummer 22", sagte Fanny. Sie hob den Schlüssel in die Luft. In diesem Moment donnerte ein endlos langer Güterzug vorbei. In dem Getöse nahm Hämmerle Fanny den Schlüssel aus der Hand und steckte ihn ins Schloss. Langsam drehte er ihn um. Mit einem Knacks sprang das Schloss auf. Für einen kurzen Moment hielt Jean-Marie die Luft an, dann öffnete er die dicke Stahltür.

Im Schließfach lagen zwei Aldi-Tüten. Sofort wollte Atze danach grapschen, doch er wurde von seinem Onkel unsanft zur Seite geschubst.

„Mann", protestierte Atze. „Ich hab die Schatzkarte gefunden, das sind meine Tüten."

„So, und wer hat das Rätsel gelöst?" fauchte Hämmerle. „Du wusstest ja noch nicht mal, was das Deutsche Ruhekissen ist."

„Und wer hat die Geheimschrift entziffert?" schnauzte Pikulski. „Darf ich euch mal daran erinnern, dass ihr ohne mich wahrscheinlich jetzt noch über der Karte brüten würdet?"

„Aber ohne mich gäbe es gar keine Karte." Atze zog einen Flunsch.

„Hört mal", Fanny tippte sich an die Stirn. „Ihr habt ja einen Knall. Lasst uns das Zeug doch erst mal angucken."

Sie nahm eine der Aldi-Tüten und sah hinein.

„Boah", machte sie. „Mein lieber Herr Gesangsverein. Schaut euch das mal an."

Eine halbe Stunde später saßen die vier in Dieter Pikulskis Wohnung in der Salzstraße am Küchentisch. Vor ihnen standen, fein säuberlich aufgereiht, die Grabbeigaben, die man vor 2000 Jahren dem unbekannten römischen Feldherren für das Leben auf der Insel der Glückseligen mitgegeben hatte:

Münzen, Becher, Teller, mehrere kleine Kriegerfiguren und Pferde. Und alles aus purem Gold. Ein eigentümlicher Glanz ging von den Gegenständen aus. Die Becher und Teller schimmerten matt in ihrer geheimnisvollen Patina, die sich im Lauf der Jahrtausende angesetzt hatte. Fanny nahm vorsichtig eine der fein ziselierten Gewandfibeln in die Hand. Sie strich zärtlich über die kunstvolle Goldschmiedearbeit und sah das kostbare Schmuckstück verzückt an. Pikulski versuchte, einen schweren Goldring wieder vom Finger zu bekommen, den er sich aufgesteckt hatte. Atze trank seine Cola light aus einem matt schimmernden goldenen Becher, der mit pflanzlichen und figürlichen Ornamenten reich verziert war.

Versonnen spielte Hämmerle mit ein paar Münzen. „Die Römer glaubten, dass die Toten im Jenseits ähnliche Bedürfnisse haben, wie die Lebenden. Deshalb die Beigaben“, dozierte er. „Die Münzen waren für Charon bestimmt, den Fährmann über den Fluss der Unterwelt.“

„Auch einer im Transportgewerbe, so wie du“, feixte Pikulski. Mit einem Plopp bekam er endlich den Ring von seinem Finger.

Entschlossen legte Fanny schließlich die Fibel weg, die sie die ganze Zeit in der Hand gehalten hatte. „Und was machen wir jetzt mit dem Zeug?“

Auch Hämmerle kehrte zurück ins Hier und Jetzt. „Ich hab da einen Plan“, sagte er. „Hört mal zu.“

Der Plan war schnell erklärt: Man würde einen Brief an Hagen Müller verfassen und ihn auf den Dachboden des Verbindungshauses bestellen. Als Köder wollte man zwei römische Münzen in das Kuvert legen und mehr von dem

Römergold in Aussicht stellen, wenn Müller zu dem verabredeten Ort käme. Dort, auf dem Dachboden, zwischen dem Nachlass von August Kaiser, seinem alten Mentor, würde man ihn schon zum Sprechen bringen, notfalls mit Gewalt. Die Beweise waren eindeutig. Immerhin war Hagen Müller offenbar der einzige Verbliebene, der von dem Schatz wusste. Und ihn wollte man der Polizei ausliefern, egal wie. Außerdem hatte Hämmerle auch noch persönlich ein Hühnchen mit dem Alten Herrn zu rupfen.

„Meinst du wirklich, das klappt?" fragte Fanny skeptisch. „Also ich weiß nicht ..."

„Hast du eine bessere Idee?" gab Hämmerle zurück. „Wir müssen eben alles auf eine Karte setzten."

„Und was wird jetzt mit dem Schatz?" warf Atze ein. „Kriegt den jetzt Professor Müller?"

„Papperlapapp", Hämmerle tippte sich an die Stirn. „Bist du völlig verblödet? Den behalten wir. Erstmal zumindest. Und dann überlegen wir in aller Ruhe, was wir damit machen. Und bis dahin", Jean-Marie sah in die Runde, „kommt der Schatz wieder an einen sicheren Ort. Am besten, wir bringen ihn nachher zurück ins Schließfach."

„Manno", sagte Atze und drehte seinen Becher in der Hand. „Den darf ich aber behalten."

„Kommt überhaupt nicht in Frage." Hämmerle nahm seinem Neffen das kostbare Gefäß aus der Hand. „Ich bringe nachher die Sachen zum Bahnhof. Und zwar alle."

Pikulski sah Hämmerle misstrauisch an. „Da komm ich aber mit", sagte er.

Nicht nur Pikulski, auch die anderen beiden wollten sicher gehen, dass der gesamte Schatz wieder zurück in sein

Schließfach kam. Gegen fünf Uhr am Morgen brach das Quartett erneut zum Bahnhof auf. Als sie aus der Haustür auf die Salzstraße traten, drückte sich eine dunkle Gestalt in einen Hauseingang gegenüber.
Wenig später schob Hämmerle die Plastiktüten in ein leeres Schließfach, warf ein paar Münzen in den Schlitz und schloss ab.
„Den behalte ich", sagte er und ließ den Schlüssel in den Untiefen seiner 501 verschwinden.
Einige Stunden später war der Frühstückstisch in Dieters Küche dank Fannys Einsatz reich gedeckt. Sobald die ersten Bäckereien aufgemacht hatten, war sie losgezogen und hatte alles für ein kräftiges Frühstück besorgt. Nach der aufregenden Nacht genoss Fanny die frische Morgenluft in der Innenstadt. Um diese Zeit war noch kaum jemand unterwegs. Auf dem Münsterplatz hatten die ersten Bauern ihre Stände aufgebaut, und sie kaufte bei Jean-Maries Namensvetter auf der Händlerseite Wurst und Schinken ein. Auch der Allgäuer Käsewagen war schon auf dem Platz und hatte wie immer seine zweierlei Sorten Käse im Angebot: einen jungen und einen alten Bergkäse. Fanny kaufte den älteren. Der junge war ihr einfach zu mild, auch wenn ihn der hübsche Verkäufer in seinen knackigen Lederhosen noch so eifrig anpries. Noch ein paar frische Tomaten von Frau Leimenstoll und ein Sixpack Eier, und das Frühstück war komplett.
„So", sagte Hämmerle. „Das hätten wir." Er legte den Füller zur Seite und nahm sich das Blatt Papier noch mal vor. ‚Müller', stand dort in verstellter Schrift, ‚wenn du mehr davon haben willst, dann komm heute um Mitternacht auf den Dachboden der Badenia.

P.S. Komm allein und lass die Polizei aus dem Spiel, sonst schicken wir deiner Frau ein paar Fotos. Wir haben noch mehr.'
Er wischte über den Eigelbfleck auf dem Briefbogen. Dann griff er in die Tasche seiner 501 und fischte die beiden römischen Münzen hervor, die Atze in der schauerlichen Nacht aus Boris Hartmanns Grab gefischt hatte. Er schob die beiden Goldstücke in ein Kuvert. Dann faltete er den Briefbogen zusammen.

„Zeig mal, was du geschrieben hast." Fanny angelte nach dem Brief und las ihn laut vor. „Was soll denn das mit den Fotos?" fragte sie. Hämmerle grinste, griff in die Innentasche seines ockergelben Lederwestchens und zog ein paar Fotos hervor. Wortlos legte er die Bilder auf den Tisch.

„Boah", machte Atze und schnappte sich das Foto. „Geil. Das ist ja Professor Müller", rief er.

„Lass mich mal", sagte Pikulski und schnappte sich die Aufnahmen. Er nickt anerkennend. „Gar nicht schlecht für sein Alter. Gibt's da noch mehr von?" Fanny blickte Pikulski über die Schulter. „Wo hast du die denn her?" fragte sie. „Hast du die gemacht?"

„Blödsinn", schnappte Hämmerle und wurde rot. „Sagen wir mal, ich hab sie beim Aufräumen in der Badenia gefunden." Er nahm Pikulski die Bilder aus der Hand und schob zwei davon in den Umschlag. Dann klebte er das Kuvert zu. „Der muss jetzt nur noch möglichst schnell zu Hagen Müller. Ich wette, der kommt." Er hielt Atze den Brief hin. „Den wirfst du jetzt bei der Badenia in den Briefkasten."

„Ich geh da allein nicht hin", wehrte Atze ab.

„Weichei", zischte Hämmerle und schob Dieter den Brief hin. „Dann gehst eben du."

Dieter hob abwehrend die Hände. „Kleb doch 'ne Marke drauf und wirf ihn einfach in den Briefkasten", sagte er.
„Das dauert doch viel zu lange." Hämmerle wurde langsam ungeduldig. „Wir müssen dafür sorgen, dass Müller den Brief so schnell wie möglich kriegt." Er schob das Kuvert Pikulski hin. „Schließlich wollen wir die Sache heute Nacht über die Bühne bringen. Du darfst dich bloß nicht dabei erwischen lassen. Vormittags ist da normalerweise keiner. Nur der Hausmeister. Und der hat schon am frühen Morgen einen im Kahn."
Eine halbe Stunde später huschte Dieter zum Briefkasten der Badenia. Hektisch sah er sich nach allen Seiten um. Niemand zu sehen. Dann warf er schnell den Brief ein, läutete kurz an der Tür und rannte mit großen Schritten durch den Garten davon.

13. Bombenstimmung

Die Nacht war kühl. Tief Gerda, das den Freiburgern nun schon seit geraumer Zeit auf die Nerven ging, hatte von Frankreich her für Eintrübung gesorgt, und hinter den dichten Wolken war der Mond kaum zu sehen. Das Sommerwetter in diesem Jahr war auch nicht mehr das, was es mal gewesen war.

„Von wegen Toskana Deutschlands", knurrte Hämmerle und zog fröstelnd sein ockergelbes Lederwestchen fest um den massigen Leib. „Und das bei der globalen Erwärmung."

Es war kurz vor Mitternacht und er kauerte zusammen mit Atze, Fanny und Pikulski hinter den dichten Hecken, die das Grundstück der Badenia umgaben. Im Haus war es ruhig, ganz so, wie Müller es auf dem Großen Konvent aus Gründen der Pietät angeordnet hatte.

„Also", sagte Hämmerle. „Ich geh jetzt da rein. Und du", er deutete auf Pikulski, „kommst mit mir. Ich kann ja nicht alles allein machen."

„Ich?" fragte Pikulski erschrocken. „Wieso ich, ich meine ..."

„Du wirst dich ja wohl nicht drücken wollen, wenn's gefährlich wird", schnauzte Hämmerle seinen Freund an.

„Lass mich mit kommen, Onkel Jean-Marie, bitte, bitte!" Atze zog Hämmerle am T-Shirt.

„Du bleibst hier bei Fanny, das ist nichts für dich. Der Herr Pikulski ist doch sonst immer so tapfer. Geht in die Mucki-Bude, nicht wahr, Fanny?" er stupst sie an.

„Also Dieter, wenn du dich nicht traust", flötete Fanny, „dann kann ich ja mit Jean-Marie gehen."

„Nicht trauen, pfff", Pikulski stand schwerfällig auf. „Das hat doch damit nichts zu tun. Also gehen wir." Mit hängenden Schultern stapfte er hinter Hämmerle her.
„Passt gut auf euch auf", flüsterte Fanny ihnen nach.

„Psst, nicht so laut", Simone Reichert legte Konstantin Zitzewitz den Finger auf den Mund.
„Hier oben hört uns schon keiner", ächzte Zitzewitz und biss Simone in die nackte Schulter. Ungeschickt nestelte er an dem Verschluss ihres BHs herum.
„Mach den bloß nicht kaputt, der ist nagelneu. Lass mich lieber." Sie verdrehte die Augen. Worauf hatte sie sich da eingelassen! Erfahrene Männer waren ihr doch lieber als diese grünen Jungs. Jetzt kriegte der noch nicht mal seinen Gürtel auf.
„Komm, ich helfe dir", sagte sie und warf seine Hose in hohem Bogen hinter ein Regal. Die Unterhose folgte. Als er nackt und in Socken vor ihr stand, konnte sie ein Kichern kaum unterdrücken. „Jetzt komm schon, Süßer", sagte sie, „aber nicht so schnell, wenn ich bitten darf." Sie streckte die Arme aus und zog Zitzewitz mit sich hinunter auf den Boden. Die beiden kamen gerade in Fahrt, als das Licht anging.
„Ach du Scheiße", wisperte Simone. „Wenn uns hier einer sieht." Sie sah sich um. Ihre Kleider und die von Zitzewitz lagen überall in der Gegend herum verstreut. Zitzewitz stöhnte leise auf.
„Halt die Klappe, Konstantin", zischte Simone und angelte nach ihrem BH.
„Glaubst du wirklich, der kommt?" Eine Stimme näherte sich dem heimlichen Liebesnest von Simone und Zitzewitz.

„Da kannst du sicher sein“, antwortete eine zweite Stimme.
„Jaaaaaaaaaaaaaaa.“
Panisch hielt Simone Zitzewitz den Mund zu.
„Hast du auch was gehört?“ fragte die eine Stimme.
„Ich glaube, er kommt.“ Hämmerle sah sich vorsichtshalber nach einem Gegenstand um, mit dem er sich notfalls gegen Professor Müller zur Wehr setzen konnte. Er griff nach dem Fensterhaken, mit dem normalerweise die schmalen Dachluken auf dem Speicher der Badenia geöffnet wurden.
„Mmmmhhhhhhhmmmmpf“, kam es aus einer Ecke des Dachbodens.
„Da ist doch was“, sagte Pikulski und machte ein paar Schritte in die Richtung, aus der das Geräusch gekommen war.
„Psst“, Hämmerle legte den Finger auf den Mund, „da kommt einer die Treppe hoch.“
Sie machten das Licht aus und huschten hinter die Tür.
Ein paar Sekunden später wurde die Klinke der schweren Eichentür, die zum Dachboden führte, vorsichtig heruntergedrückt. Leise öffnete sich die Tür. Im Dunkeln waren deutlich Atemzüge zu hören. Leise machte der Eindringling auf Zehenspitzen ein paar Schritte in den Raum hinein. Pikulski packte zu, als sich der Fremde umdrehte, um nach dem Lichtschalter zu tasten.
„Au!“ schrie Atze und boxte in die Luft. Das Licht ging an.
„Was machst du denn hier?“ schnauzte Hämmerle seinen Neffen an. „Hab ich dir nicht gesagt –“
„Schscht“, fuhr Pikulski dazwischen und schob die beiden zur Seite. „Ich hör was.“
Er hechtete zum Lichtschalter.
Dunkelheit.

Schritte.
Professor Hagen Müller betrat den Dachboden. Eine Taschenlampe ging an. Pikulski schoss hinter der Tür vor und packte den Professor am Handgelenk. Die Lampe fiel polternd zu Boden. „Aua!“ schrie Müller. Hämmerle machte das Licht an.
Der Professor starrt Jean-Marie entgeistert an. „Hämmerle“, stammelte er, „du, du Betrüger. Du Erpresser“, er steigerte sich und seine Stimme wurde schrill, „du Mörder! Du hast also die Jungen auf dem Gewissen.“
„Ich?“ Jean-Marie wich einen Schritt zurück. „Das sagt der Richtige. Wer hat denn den armen Boris und diesen von Scheven umgebracht? Das waren doch Sie, also du.“ Hämmerle bekam einen hochroten Kopf.
„Duz mich nicht, du Kretin!“ kreischte der Professor. Er versuchte, sich aus Dieters Schraubstockgriff zu befreien und nach Jean-Marie zu treten. Als das nicht klappte, warf er Hämmerle die Goldmünzen an den Kopf, die er in der freien Hand hatte. Hämmerle duckte sich. Die Münzen knallten gegen die Wand und fielen polternd auf den Holzboden.
Jetzt entdeckte Müller Atze. „Und du?“ er war außer sich, „du gehörst also auch zu dieser Bande! Richtig, jetzt sehe ich es.“ Er blickte zwischen Hämmerle und Atze hin und her. „Eine Brut!“ stieß er hervor.
„Sachte, sachte, Herr Professor“, sagte Pikulski und drehte ihm den Arm auf den Rücken bis die Knochen knackten.
„Gesindel!“ schrie Hagen Müller. „Mordbuben! Ich werde euch alle ...“
„Was denn?“ Karl Keller, das Faktotum der Badenia, stand plötzlich in der offenen Speichertür.

„Keller, gut, dass Sie da sind“, sagte Müller erleichtert.
„So?“ fragte Keller und schloss die Speichertür hinter sich. Er sah von einem zum anderen. „Wird der alte Keller mal wieder gebraucht.“ Er zog einen Revolver aus der Tasche seines grauen Kittels. „Ist der alte Keller mal wieder gut genug, um für den Herrn Professor die Karre aus dem Dreck zu ziehen? Damit ist jetzt Schluss“, er fuchtelte mit der Waffe vor Müllers Gesicht herum.
„Aber –“ sagte Hämmerle.
Keller fuhr herum. „Du hältst die Schnauze, Fettsack. Glaubst du, es hat Spaß gemacht, das Kotzophon zu reparieren? Der kleine Idiot hier“, er packte Atze an den Segelohren, „ist auch schon auf dem besten Weg, der gleiche arrogante Sack zu werden, wie ihr anderen. Und du“, er stieß Atze zu Hämmerle, musterte Pikulski von Kopf bis Fuß und leckte sich die Lippen, „du solltest dir deine Freunde besser aussuchen. Jetzt ist es leider zu spät. Schade eigentlich.“
„Keller, sind Sie wahnsinnig geworden?“ stieß Müller hervor. „Was soll denn das? Reißen Sie sich gefälligst zusammen und befreien Sie mich von diesen Verrückten hier.“
Keller grinste. „Diesen Gefallen kann ich Ihnen leider nicht tun.“ Er warf Pikulski ein Stück dickes Kabel vor die Füße. „Verpacken“, befahl er. „Mit den Händen auf dem Rücken.“
Zehn Minuten später saßen Hämmerle, Pikulski, Atze und Professor Müller zusammengeschnürt und an Pfosten festgebunden auf dem Dachboden.
„Das ist ein Anblick“, Keller legte den Revolver hin und zog einen Flachmann aus der Kitteltasche. „Prösterchen“, sagte er und nahm einen tiefen Schluck. „Da staunt ihr, was? Wie kommt der alte Keller hierher, fragt ihr euch sicher.“ Er lach-

te meckernd. „Aber wenn man so blöd ist und einen Erpresserbrief in die offizielle Post legt ...“ er schüttelte den Kopf, „Müller, Müller, und was ich in dem Brief gefunden habe. Der Herr Professor besorgt es einer Studentin. Richtig scharfe Fotos. Eins habe ich behalten. Bin mal gespannt, was die Frau Professor dazu sagen wird. Ich habe es für meine Pflicht gehalten, ihr reinen Wein einzuschenken, sozusagen. Prost.“ Er nahm noch einen Schluck aus dem Flachmann. Hagen Müller war ganz blass geworden. „Aber keine Sorge. Die wird nicht mehr dazu kommen, Ihnen was zu tun“, fuhr Keller fort. „Ja, ja“, er fuchtelte mit dem Flachmann herum, „das hätten Sie mir nicht zugetraut. Für euch war ich ja immer nur der letzte Dreck. Keller hier, Keller da, Keller macht das schon. Keller holt Bier, Keller sagt beim Ampeltrinken die Grünphasen durch. Keller ist ja ein bisschen beschränkt, nicht wahr, Herr Professor?“ Er redete sich langsam in Rage. „Seit 1966 habe ich mich in diesem Scheißladen von euch herumschubsen lassen. Ihr habt gegen mich intrigiert, wo es nur ging. Und du vor allem, Müller.“ Er zeigte mit dem Flachmann auf Müller. „Und warum?“ fragte er. „Weil du eifersüchtig warst. Und weil ich besser war als ihr alle zusammen. Weil August Kaiser mein Talent erkannt hat und weil er mich gefördert hat. Erinnerst du dich noch an ihn, Hagen? Natürlich erinnerst du dich“, Keller machte eine große Geste, „ihr bereitet ja gerade die Ausstellung über ihn vor. Dabei hat ihn keiner von euch gekannt. Keiner stand ihm so nahe wie ich. Für euch war er doch nur ein Aushängeschild. Der Experte auf dem Gebiet der Römischen Provinzialarchitektur. Und ich war sein Assistent. Aber das war euch ein Dorn im Auge. Als er noch lebte, habt ihr alles getan, um uns auseinander zu bringen. Und als er dann tot war, habt ihr mich wie den letzten Dreck behandelt." Seine Stimme wurde weinerlich. „Du und die sauberen Bundesbrüder damals, ihr habt meine Karriere kaputt gemacht. Das war ja auch nicht schwer. Ihr hattet ja alles. Von Mami und Papi. Geld, Autos, Frauen. Und was war mit mir? Mir wurde das Stipendium entzogen, bloß weil ich ein paar Mal einen über den Durst getrunken habe. Dabei hatte ich eine brillante Karriere als Wissenschaftler vor mir."

Hagen Müller lachte auf. „Ein paar Mal einen über den Durst", äffte er Keller nach. „Du und ein brillanter Wissenschaftler! Du hast ja noch nicht mal die Zwischenprüfung geschafft. Und der alte Kaiser hat dich nur gefördert, weil er scharf auf dich war. Dem hast du doch nur im Bett assistiert. Das wusste jeder hier im Haus. Du kannst froh sein, dass wir dich nicht auf die Straße gesetzt haben." Er lachte gehässig.

„Pass auf, was du sagst, Müller. Wer zuletzt lacht, lacht am besten." Keller nahm die Knarre und spielte mit ihr herum. „Und als letzter lache diesmal ich." Er wandte sich Hämmerle zu. „Seit Tagen beobachte ich euch. Ich weiß, dass ihr Kaisers Schatz habt. Kaisers Schatz", sagte er versonnen. „das sagenhafte Römergrab. Ich wusste, dass der Alte damals was gefunden hatte. Aber er ist damit nicht richtig 'rausgerückt, war ein Geheimniskrämer. Hat ein Mordsgetue darum gemacht. Er würde mich beizeiten schon einweihen, hat er immer gesagt. Und dann rast er gegen einen Baum." Keller griff wieder nach dem Flachmann und schraubte ihn mit zitternden Händen auf. „Ich hab immer gewusst, dass er aufgeschrieben hat, wo dieses Römergrab ist", er nahm einen

Schluck und wischte mit dem Handrücken über den Mund. „Ich hab ihn dabei beobachtet, wenn er dachte, ich schlafe. Der mit seinen dämlichen Gedichten und seiner Geheimschrift. Das war so ein Spleen von ihm. Nur wo er den verdammten Plan versteckt hatte, das hab ich nicht herausgekriegt. Bis die beiden kleinen Idioten“, er sah zu Atze, „über die Karte gestolpert sind.“
„So war das also“, Hämmerle hatte mit wachsender Spannung zugehört. „Und deshalb haben Sie Boris Hartmann umgebracht. Um an die Karte zu kommen.“
„Vollidiot“, knurrte Keller. „Das war ich nicht.“ Er sah Hagen Müller an. „Das war dein sauberer Bundesbruder Moritz von Scheven, dieser Herrenreiter. Als ihm der kleine Hartmann die Karte gezeigt hat, hat er sofort kapiert, was es damit auf sich hat. Aber Hartmann war schneller. Der hat das Rätsel in Nullkommanix gelöst. Das weiß ich so genau, weil ich ihn nicht aus den Augen gelassen hab. Aber ich war nicht der einzige, der ihn beobachtet hat. Von Scheven hatte sich auch an ihn drangehängt. Und als Hartmann dann den Schatz gefunden hat, hat er ihn noch graben lassen und ihm dann eins übergezogen.“ Keller haute mit einer imaginären Schaufel auf den Dachboden.
Atze brach in Tränen aus.
„Dann hat er den Schatz gehoben und Boris dafür ins Grab gelegt.“
„Und das haben Sie gesehen?“ fragte Pikulski entgeistert. „Und Sie haben dem Jungen nicht geholfen?“
„Wer hat mir denn schon geholfen? Außerdem ging alles so schnell“, entgegnete Keller mit glasigen Augen. „Und der Rest dürfte bekannt ja sein. Scheven hat das Gold in ein

Schließfach gepackt. Ich habe ihn verfolgt und gesehen, wie er den Schlüssel eingesteckt hat. Ich war ein paar Mal in seinem Zimmer, aber ich hab das verdammte Ding einfach nicht gefunden. Auch in der Nacht nach eurer „Mensur“ bin ich in sein Zimmer geschlichen. Dummerweise war er ausgerechnet in dieser Nacht nicht bei Windel. Er ist wach geworden und hat mich erkannt. Deshalb musste er sterben. Den Schlüssel konnte ich in der Nacht dann nicht mehr suchen, war zu gefährlich.“ Er schwenkte den Flachmann und rülpste. „Ich konnte ja nicht ahnen, dass mir der Fettsack hier zuvorkommt“, er deutetet auf Hämmerle. Mit einem letzten Schluck leerte Keller den Flachmann. „So“, sagte er und stand auf. Und jetzt zur Sache, Hämmerle: Wo ist der Schlüssel?“

„Ich hab ihn nicht!“ log Jean-Marie und wurde knallrot.

„Ich weiß, dass ihr ihn habt. Ich hab euch die ganze Zeit beobachtet. Wie ihr zum Schließfach seid und so. Aber ihr wart ja zu blöd, was zu merken. Also, wo ist er?“ Keller setzte Pikulski den Revolverlauf an die Schläfe und zog den Hahn durch. Pikulski reagierte sofort. „Er hat den Schlüssel in seiner Hosentasche.“

„Na also“, freute sich Keller, „geht doch.“ Er fummelte den Schlüssel aus Jean-Maries Tasche und hielt ihn hoch. „Auf diesen Moment habe ich vierzig Jahre lang gewartet.“ Er wandte sich wieder seinen Gefangenen zu. „Und für euch“, sagte er spöttisch, „habe ich noch eine kleine Überraschung. Einen Knalleffekt, sozusagen.“ Er sah auf die Uhr. „In zwanzig Minuten, also genau um 0:45 Uhr, fliegt der ganze Laden hier in die Luft. Mit euch. Und mit Kaisers gesammeltem Plunder. Ich hab einen netten kleinen Sprengsatz versteckt.

Schließlich bin ich Haustechniker, nicht wahr? Gute Reise."
Er lachte meckernd und verbeugte sich. „Du weißt ja, Müller: Moritur et ridet[17], wie es bei Salvianus heißt. Ich habe auch mal Latein gelernt."
Keller ging zur Tür, öffnet sie, sah sich noch einmal um, grüßte weltmännisch und schloss die Tür hinter sich. Ein schwerer Riegel schnappte von außen zu.
Atemlos hatten Simone Reichert und Konstantin Zitzewitz in ihrem Versteck hinter den Bücherregalen Kellers Auftritt mit verfolgt. Die beiden zitterten vor Angst und Kälte. „Wir müssen machen, dass wir hier 'rauskommen", wisperte Zitzewitz.
„Bist du bescheuert?" zischte Simone. „Wenn mich Hagen hier mit dir sieht, kann ich meine Zwischenprüfung vergessen. Der hat versprochen, was für mich zu tun. Der kennt schließlich noch alle an der Uni."
„Hast du nicht gehört, dass die Bude hier gleich in die Luft fliegt? Deine Zwischenprüfung ist mir scheißegal."
Er stand auf, packte Simone an der Hand und zog sie Richtung Tür hinter sich her.
„Zitzewitz! Simone!! Was macht ihr denn hier?" Hagen Müller verlor angesichts des nackten Pärchens die Contenance. „Du und dieser Schlappschwanz?" brüllte er. „Ist das der Dank, du kleines Flittchen? Das hätte ich mir gleich denken können, dass du mit jedem ins Bett gehst."
Die Dame kam Hämmerle irgendwie bekannt vor. Richtig. Er kannte sie von den Fotos aus Windels Schreibtisch. Das war Müllers Geliebte.

---

[17] Lachend sterben

Atze starrte die beiden mit hochrotem Kopf an.
Pikulski musterte das Mädchen von Kopf bis Fuß und schnalzte anerkennend mit der Zunge.
„Nehmen Sie sich gefälligst zusammen, Sie Schwein", brüllte Müller ihn an.
„Ist ja gut", antwortete Dieter. „Mach uns schon los!" schnauzte er Zitzewitz an, „Ihr könnt eure Beziehungskiste später auspacken." Er zerrte an seinen Fesseln. „Wenn dieser Wahnsinnige die Wahrheit gesagt hat, haben wir nicht mehr viel Zeit und die Bude hier fliegt uns um die Ohren."
Zitzewitz hechtete zur Tür und rüttelte an der Klinke. „Ich will hier 'raus!" rief er panisch. Aber die Tür war fest verschlossen.
„Wenn du hier 'rauswillst, du Knalltüte, dann mach uns los", brüllte Dieter. „Allein kriegst du die Tür nie auf."
„Zeig mal", Simone beugte sich zu Pikulski hinunter und strich über das Kabel, mit dem Dieter an den Pfosten gefesselt war. „Ich heiße übrigens Simone", flüsterte sie ihm zu und nestelte an den Knoten herum.
„Ich bin der Dieter. Angenehm."
„Geht's vielleicht ein bisschen schneller?" keifte Professor Müller und riss an seinen Fesseln.
Zitzewitz hatte sich inzwischen einigermaßen gefangen. Er hatte seine Blöße notdürftig mit einer seiner Socken bedeckt und hockte sich vor Müller hin.
Es dauerte eine halbe Ewigkeit, bis alle vier von ihren Fesseln befreit waren. Jean-Marie sah auf die Uhr. „Wir müssen die Tür aufbrechen", sagte er hektisch und wischte sich die Schweißperlen von der Stirn. „Wir haben nur noch sieben Minuten. Dann geht hier alles in die Luft."

„Das kannst du vergessen, Blödmann", keifte Müller Hämmerle an. „Keller hat den Riegel vorgeschoben. Die Tür kriegen wir nie auf. Das ist Eiche massiv."
„Dann übers Dach", Hämmerle lief zu einer winzigen Dachluke.
„Versuch's doch", sagte Müller hämisch. „Da kommen wir nie 'raus. Die sind viel zu eng."
„Und wenn wir schreien?" schlug Simone vor.
„Im Haus hört uns keiner", presste Zitzewitz hervor.
„Und von den Nachbarn kommt keiner", fügte Hämmerle sarkastisch hinzu. „Hier auf dem Haus wird doch ständig rumgebrüllt."
„Wo kann diese verdammte Bombe nur sein?" fragte Pikulski.
„Genau, Dieter, das ist unsere einzige Chance. Wir müssen das Ding finden." sagte Hämmerle. „Leute, denkt mal logisch, das ist eine Frage der Täterpsychologie. Strengt euch an, bevor wir mit der ganzen Kiste hier in die Luft fliegen."
„Mensch, Onkel Jean-Marie. Kiste, du hast Kiste gesagt. Bestimmt hat der alte Keller das Ding in einer der Kisten mit dem Nachlass von Kaiser versteckt. Das würde doch passen, ich meine psychologisch und so."
„Dann los, wo sind die Dinger?" Pikulski schlug Atze auf die Schulter.
„Da hinten, beim Schreibtisch."
„Noch knapp fünf Minuten", sagte Hämmerle und stapfte todesmutig auf die Kisten zu. „Pssst", machte er. „Ich glaub, ich höre es ticken."
Wirklich. Das Geräusch kam aus einer der Kisten. Müller, Simone und Zitzewitz flohen panisch in die entfernteste Ecke des Dachbodens.

Auf Zehenspitzen schlich Hämmerle von Kiste zu Kiste und lauschte. „Hier“, flüsterte er schließlich. „Die ist es.“
Vorsichtig klappte er den Deckel der schweren Kiste auf. Er schnappte nach Luft. Da lag das Ding: eine alte Küchenuhr, an der zwei Drähte befestigt waren, ein brauner und ein blauer. Am anderen Ende der Drähte hing ein Päckchen.
„Du musst den Draht durchschneiden“, flüsterte Pikulski und zog ein Schweizermesser aus seiner engen Jeans.
„Welchen denn, Klugscheißer? Wenn wir den falschen erwischen, fliegen wir jetzt gleich in die Luft.“ Hämmerle fuhr sich über die Stirn. „Hat jemand ein Handy?“ fragte er.
„Ich“, rief Simone und hechtete zu ihrer Handtasche, die hinter einem großen Regal lag. „Hier“, sagte sie, gab es Hämmerle und lief wieder ans andere Ende des Speichers. „Aber der Akku ist fast leer“, rief sie noch.
„Ich rufe den Franzosen an“, sagte er zu Pikulski. „Wir haben damals in Wyhl ein ganzes Atomkraftwerk verhindert. Da wird er mir bei einer kleinen Bombe wohl helfen können. Hoffentlich ist er zu Hause“, murmelte Hämmerle und tippte eine Nummer ein. Endlose Sekunden später meldete sich am anderen Ende eine verschlafene Stimme.
„Allo?“
„Mensch, bin ich froh, dass du da bist. Ich bin’s, Jean-Marie.“
„Es-tu fou?“ fragte der Franzose, den Hämmerle aus dem Tiefschlaf geholt hatte. Jean-Maries alter Kumpel hatte vor langer Zeit einmal als Techniker bei einem Freiburger Lokalsender gearbeitet, der heute zu einem Telefonbuch-Imperium gehörte. „Weißt du, wie spät es ist?“
„Du musst uns helfen, wir sitzen hier vor einer Bombe, die

in zwei Minuten in die Luft geht, wenn wir nicht den richtigen Draht durchschneiden."

„Merde, willst du misch verarschen oder was?" Die Stimme des Franzosen wurde immer ungehaltener.

„Komm, sag schon", flehte Jean-Marie. „Das ist blutiger Ernst. Es ist ein blauer und ein brauner Draht. Was soll ich tun?"

„Weglaufen", antwortete der Franzose.

„Das geht nicht", sagte Hämmerle schrill. „Die Tür ist zu. Wir kommen nicht 'raus."

„Alors, dann nimm den blauen", sagte der Franzose, legte den Hörer hin und hielt sich die Ohren zu.

Hämmerle atmete tief durch und gab Dieter das Handy. „Es ist der blaue", sagte er mit zusammengebissenen Zähnen zu Pikulski. „Ich schneide ihn jetzt durch. Wir haben keine Minute mehr. Geht so weit weg, wie möglich", sagte er heldenhaft.

„Ich bleibe bei dir, Onkel Jean-Marie", fiepte Atze.

„Ich auch", sagte Pikulski mit zitternder Stimme.

Hämmerle drückte seinen beiden Genossen kurz die Hand. Dann bekreuzigte er sich verstohlen, klappte das Schweizermesser auf und schnitt mit einem entschlossenen Ratsch den blauen Draht durch. Die Uhr blieb bei 0:45 Uhr stehen.

Hämmerle konnte sich später nur noch schemenhaft an die Stunden danach erinnern. Wenige Minuten nachdem er die Bombe entschärft hatte, schnappte der schwere Riegel der Speichertür zurück und Fanny tauchte auf dem Dachboden auf. Sie hatte es auf ihrem Beobachtungsposten einfach nicht mehr ausgehalten und wurde von Atze, Hämmerle und Pikulski mit großem Hallo begrüßt. Als sie von den dramatischen Szenen erfuhr, fing sie hemmungslos an zu heulen und fiel abwechselnd Atze, Pikulski und Hämmerle immer wieder um den Hals.

Simone und Zitzewitz hatten inzwischen ihre Kleider zusammengeklaubt und sich wieder angezogen. Simone hatte kurz entschlossen Hagen Müller und ihre Zwischenprüfung abgeschrieben und machte Dieter schöne Augen, während Zitzewitz versuchte, sich bei dem Professor einzuschleimen. Auch Hagen Müller schien ganz der Alte. Er grabschte nach Simones Handy und rief die Polizei. „Professor Hagen Müller, Badenia, Lorettostraße. Kommen Sie sofort her“, befahl er herrisch. „Hier gibt es Arbeit für Sie. Ich golfe mit dem Polizeipräsidenten.“

Noch in der Nacht wurde Karl Keller zur Fahndung ausgeschrieben.

Nach seinem Telefonat mit der Polizei war Professor Hagen Müller seltsam still geworden. Bei dem Gedanken an die Szene, die ihm seine Frau wegen des kompromittierenden Fotos machen würde, wusste er nicht, ob die Lösung mit der Bombe nicht die einfachere gewesen wäre.

14. Rheingold

Der Himmel über dem Breisacher Münster war strahlend blau. Kaum ein Wölkchen war zu sehen an diesem herrlichen Vormittag im August. In dem kleinen Yachthafen von Breisach ging es schon lebhaft zu. Die Bootsbesitzer nutzten die ungewöhnlichen Temperaturen in diesem sonst so verregneten Sommer zu einem kleinen Törn auf dem Rhein.
Auch auf der „Rheingold“, die Siegfried Sutter gehörte, machte man sich zum Ablegen bereit. Der Bootseigner hatte seinen beiden Skatfreunde Bernd und Ingo auf sein Motorboot eingeladen, um zwischen den schattigen Rheininseln auf dem kühlen Wasser in Ruhe ein paar Partien zu spielen. Er zog den Bierkasten hoch, den er über Nacht an einem Seil im Rhein gekühlt hatte und warf den Motor an.
„Alles klar zum Auslaufen?“ fragte er.
„Alles klar!“ kam die Antwort seiner Skatkumpels. Sutter nickte zufrieden. Das hatte er den beiden gleich beigebracht, dass Kommandos des Kapitäns in jedem Fall bestätigt werden mussten.
„Klar zum Ablegen?“
„Klar zum Ablegen!“ schallte es über Deck.
Sutter ließ den Zweitakter an.
„Leinen los!“ rief er und gab vorsichtig Gas.
Vorschriftsmäßig löste Ingo die Vorleine und sprang an Bord. Sutter gab etwas mehr Gas, damit sich das Boot Bug voraus von der Hafenmauer entfernte. Als sie genug Raum zwischen dem Schiff und der Kaimauer hatten, löste Bernd die achterliche Leine und gab langsam nach, bis sich das

Tauende sich vom Poller löste und klatschend ins Wasser fiel. Während Bernd die Leine sauber aufschoss, tuckerte die „Rheingold“ gemächlich aus dem Hafen.

Die „Rheingold“ schaukelte an ihrem Anker leise in den sanften Wellen des Rheinarms. Die Stimmung auf dem Schiff war bestens. Nach etlichen Flaschen Bier und einer halben Buddel voll Rum war man nun zum gemütlichen Teil des Tages übergegangen und sang „Fünfzehn Mann auf des toten Kerls Kist, joho hohoho, und ‘ne Buddel voll Rum!“ und andere Lieder aus der christlichen Seefahrt. Siegfried Sutter sah auf die Uhr.

„Wir sollten mal, Jungs“, sagte er und stand leicht schwanken auf. „Um halb sechs fängt das Spiel an.“

„Mal sehen, was die Jungs heute auf der Pfanne haben, der Trainer hat ja die Abwehr völlig neu organisiert“ schwadronierte Ingo, der Mitglied im Fanclub des SC Freiburg war.

„Echt?“ fragte Bernd.

„Matrosen“, unterbrach Siegfried Sutter das Fachgespräch seiner Freunde. „In drei Minuten geht’s zurück. Auf die Plätze“, kommandierte er.

„Alles klar!“ röhrten Bernd und Ingo.

„Na dann, Anker auf!“ rief der Kapitän und startete den Motor.

Keine Antwort.

„Anker auf!“ wiederholte Sutter.

„Mist“, kam es vom Bug. „Das Ding hat sich irgendwo verhakt.“ Ingo zerrte an der Ankerkette, die keinen Millimeter nachgab.

Sutter schaltete in den Leerlauf und ging nach vorn zum Ankerkasten. Zu dritt zogen sie mit aller Kraft an der Kette.

Schließlich gab sie nach.
Sutter beugte sich über die Reling und sah hinunter. „Der Anker ist frei“, rief er. Dann wurde er aschfahl. „Mein Gott“, ächzte er, „was ist das denn?“
Sie zogen die Kette vollends hoch. Am Anker hing eine aufgedunsene Leiche.
Wie die Polizei rasch herausfand, handelte es sich bei dem grausigen Fund um den europaweit gesuchten Mörder Karl Keller. Anscheinend war er bei seiner Flucht irgendwie in den Rhein gefallen und ertrunken. Kein Wunder, wie die Pathologen herausfanden. Er hatte 2,5 Promille Alkohol im Blut. Sein Auto wurde später auf einem Parkplatz am Rheinufer bei Breisach gefunden. Von dem Schatz fehlte allerdings jede Spur. Wahrscheinlich lag er irgendwo auf dem Grund des Rheins. Aber auch nach tagelangen Tauchaktionen blieben die kostbaren römischen Grabbeigaben verschwunden, für die Boris Hartmann und Moritz von Scheven und schließlich auch Karl Keller ihr Leben gelassen hatten.

Kellers Tod hatte sich rasch herum gesprochen und nicht nur in der Badenia, sondern auch bei Hämmerle und Co. für Erleichterung gesorgt. Solange Keller frei herumgelaufen war, hatte sich keiner von ihnen wirklich sicher gefühlt. Aber nun traute sich sogar Atze wieder auf die Straße, obwohl er einen riesigen Bogen um die Badenia machte. Er spielte sogar mit dem Gedanken, das Studienfach zu wechseln. Zurzeit liebäugelte er mit Kriminologie.
„Meinst du wirklich, das ist was für dich?“
Fanny und Atze saßen am Tresen der Casa und tranken Rijoa. „Da musst du ganz schön ranklotzen. Das ist fast wie

Jura. Ist dir das klar?" fragte Fanny und stieß mit Atze an. Er war vorübergehend bei ihr untergekommen, nachdem ihn Jean-Marie aus der Wohnung geworfen hatte.

„Logo", Atze straffte sich. „Das mach' ich mit links. Dann können wir später zusammen arbeiten."

Fanny schüttelte der Kopf. Der Junge war schon der gleiche Angeber wie Jean-Marie.

„Wo ist eigentlich dein Onkel?" fragte sie. „Der müsste doch schon längst Feierabend haben. Noch einen", rief sie Dieter über den Tresen hin zu und hielt ihr leeres Glas hoch. „He, noch einen!" wiederholte sie.

Doch Dieter war beschäftigt. Am anderen Ende der Theke wies er gerade Simone in die Technik der Espressomaschine ein. Dabei fuhr er ihr immer wieder verstohlen über den Arm oder tätschelte ihren Hintern. Die hoffnungsvolle Archäologiestudentin hatte ihr Studium kurz entschlossen unterbrochen und startete gerade eine viel versprechende Karriere in der Freiburger Gastronomie.

„Mann, Dieter, kriegen wir hier nichts mehr, oder wie?" Fanny wurde langsam ungeduldig. „Da siehst du's", flüsterte sie Atze zu. „Die Liebe macht aus Männern Esel. Werd' du bloß nicht auch noch so."

Atze wurde puterrot. „Nein, nein, ganz bestimmt nicht", stammelte er und sah Fanny verliebt von der Seite an.

In diesem Moment betrat Angela Stefan die Bühne der Casa. Die männlichen Gäste stierten auf das durchsichtige Top, das Angela heute zu hautengen Lederjeans trug. Ihre Haare waren kupferrot. Seit der letzten Nacht mit Dieter war sie nicht mehr in der Casa aufgetaucht. Harry Stefan hatte die Überwachung seiner Gattin auffällig verstärkt. Heute war

der erste Abend, an dem er mal wieder außer Haus war. Dienstlich natürlich.
Auch Dieter hatte den Gast bemerkt. „Simone" sagte er mit hochrotem Kopf und band sich die Schürze ab, „ich hab noch was zu erledigen." Er legte den Schlüssel auf den Tresen. „Du schließt nachher ab." Dann ging er auf Angela zu, flüsterte ihr etwas ins Ohr und ging Arm in Arm mit ihr auf die Adelhauser Straße hinaus. Simone sah den beiden schmollend nach. So hatte sie sich ihren ersten Abend mit Dieter Pikulski nicht vorgestellt. Für Pikulski hingegen sollte die Nacht ein voller Erfolg werden.

Harry Stefans dienstlicher Termin fand ein paar hundert Meter entfernt im KGB statt. Er saß an dem halbrunden Tisch mit der Leninbüste und drehte sein Wodkaglas in den Händen. Vor ihm stand eine halbvolle Flasche kasachischer Wodka. An der Flasche klebte ein Zettel mit der Aufschrift HARRY.
„Jetzt sagen Sie schon, was Sie von mir wollen." Hämmerle sah sich ungeduldig um. Eigentlich war die Kneipe genau nach seinem Geschmack. Schade, dass Stefan hier offensichtlich sein Stammlager aufgeschlagen hatte. Seit ihn der Kommissar vor ein paar Stunden angerufen und geheimnisvolle Andeutungen über einen Deal gemacht hatte, platzte er schier vor Neugier. Nun saßen sie seit einer halben Stunde in der schummrigen Kneipe und tranken Wodka. Vielleicht will mich der Kerl vergiften, schoss es Hämmerle durch den Kopf.
„Was ich von Ihnen will?" Stefan wandte ihm träge den Kopf zu und sah ihn durch die dicken Gläser seiner

Kassenbrille an. „Das werde ich Ihnen sagen. Hör gut zu“, sagte er mit drohendem Unterton. „Wenn du ein Wort von dem hier“, er klopfte mit dem Zeigefinger auf den Tisch, „nur ein Wort weiter plapperst, dann geht's dir endgültig an den Kragen.“ Er goss sich Wodka nach und leerte das Glas in einem Zug. „Dann bist du geliefert. Ich hab da nämlich was, das meine Kollegen auf dem Dachboden gefunden haben, als ihr eure Bombenshow abgezogen habt.“

„Hören Sie mal“, protestierte Hämmerle, „das war eine echte ...“

„Ist mir doch scheißegal, was das war“, Stefan griff in die Tasche seines Trenchcoats und kramte ein kleines Plastiktütchen mit zwei goldenen Münzen hervor.

„Kennst du die?“ fragte er und hielt Hämmerle die Goldstücke unter die Nase. „Die sind von deinem Römerschatz. Und wenn du nicht tust, was ich dir sage, dann werden wir dich leider verhaften müssen. Wegen Unterschlagung, Diebstahl und ich weiß nicht was,“ setzte er hinzu. „Mir wird schon was einfallen.“

„Aber wieso?“ fragte Hämmerle. Er blass geworden. „Ich hab doch gar nichts ...“

„Schnauze“, herrschte ihn Stefan an. „Leider“, seine Stimme wurde sanft, „leider fehlt uns immer noch jede Spur von dem sagenhaften Römerschatz. Das einzige, was wir von dem Zeug haben, sind diese beiden Dinger hier. Und da sind deine Fingerabdrücke dran. Dann wird der Rest wohl auch bei dir sein, was, Hämmerle?“

Stefan lehnte sich triumphierend zurück.

„Aber das stimmt doch alles gar nicht“, stammelte Jean-Marie.

„Phhh", machte Stefan. „Was ist schon die Wahrheit? Wahr ist, was ich sage. So ist es bei der Polizei. Aber", fuhr er fort, „was interessiert mich euer Kinderkram und der alte Plunder. Wenn du tust, was ich sage, lass ich dich laufen. Und noch einmal: kein Wort davon. Zu niemand. Auch nicht zu Frau Duffner. Haben wir uns verstanden?"
„Okay, Chef", gab Hämmerle klein bei. „Was soll ich tun?"
Stefan beugte sich zu Hämmerle und zog ihn zu sich heran. „Du findest heraus, mit wem mich meine Frau betrügt," raunte er in sein Ohr. „Ich gebe dir 48 Stunden Zeit. Ein Name und eine Adresse reichen mir. Dann kommst du ungeschoren davon. Haben wir uns verstanden?" Er ließ Hämmerle wieder los.
Jean-Marie hatte verstanden.

Pünktlich zur verabredeten Zeit tauchte Jean-Marie Hämmerle zwei Tage später wieder im KGB auf. Der Kommissar saß schon an seinem Stammplatz, vor sich seine Wodkaflasche. Ohne zu grüßen klemmte sich Jean-Marie auf den Platz neben Stefan. Der Kommissar zeigte auf die Wodkaflasche, aber Hämmerle schüttelte den Kopf. Er schob Stefan einen Briefumschlag zu.
„Hier, damit sind wir quitt. Name und Adresse", sagte er. „Und ein Foto." Er tippte auf den Umschlag. Dann stand er wortlos auf und ging.
Sobald Hämmerle das KGB verlassen hatte, riss Harry Stefan den Umschlag auf. Er zog ein Foto und ein zusammengefaltetes Blatt Papier heraus. Die Schwarz-Weiß-Aufnahme zeigte einen gut aussehenden und ziemlich muskulösen splitternackten Mann in einer äußerst erotischen Pose. Der

Kerl kam Stefan irgendwie bekannt vor. Er drehte das Bild um. Mit krakeliger Schrift stand auf der Rückseite FÜR MEINE WILDE ANGELA.

Vor Zorn blieb Stefan die Luft weg. Wild, dachte er verächtlich. Von Wildheit hatte er bei Angela in 25 Jahre Ehe noch nichts bemerkt. Hastig faltete er den Zettel auseinander: FRIEDRICH WINDEL, hatte Hämmerle fein säuberlich mit Schreibmaschine auf das Blatt getippt, BADENIA, LORETTOSTRASSE, FREIBURG IM BREISGAU.

Freiburg-Krimis

Sterben, wo jeder zweite Deutsche leben möchte.

In dieser Reihe sind bereits erschienen:

Der Katzenkiller (1995)
ISBN 3-9808633-4-4 • 7,60 €

Der Münstermörder (1996)
ISBN 3-9804390-2-x • 7,60 €

Der Pizza-Pate (1996)
ISBN 3-9804390-4-6 • 7,60 €

Theaterblut (1997)
ISBN 3-9804390-7-0 • 7,60 €

Hundstage (1999)
ISBN 3-9806539-4-3 • 7,60 €

Breisgau-Bohème (2000)
ISBN 3-9808633-3-6 • 7,60 €

Der Kneipenkrieg (2002)
ISBN 3-9808633-0-1 • 7,60 €

Taschenbücher,

Paperback.

Je 7,60 €

im Buchhandel

Kneipenkrieg, 2002

ISBN 3-9808633-0-1

Hundstage, 1999

ISBN 3-9806539-4-3

Breisgau-Bohème, 2000

ISBN 3-9808633-3-6

Sternwald Verlag

Sternwaldstrasse 26

79102 Freiburg

Tel. (07 61) 3 14 14

Fax (07 61) 2 43 02

www.sternwaldverlag.de